색인

Series of Korean Literature at China

이 전집은 대산문화재단의 2007년 해외한국문학연구 지원을 받았습니다.

연세국학총서73
중국조선민족문학대계 30

색인

연변대학교 조선문학연구소
김동훈·허경진·허휘훈 주편

보고사

◉ 권 철

중국 연변대학 조문학부 졸업. 연변대학 조문학부 교수로 재직하며 민족연구소장을 역임하고, 현재 조선문학연구소 고문으로 있다. 저서로『광복전조선민족문학연구』,『중국조선족문학』 등이 있다.

◉ 김동훈

중국 중앙민족대 중문학과 졸업, 중앙민족대와 연변대 교수를 거쳐 현재 상해공상외대 한국어 학부장으로 있다. 연변대조선언어문학연구소 소장, 북경대조선문화연구소 고문 역임. 저서로는『중국조선족구전설화연구』,『조선족문화』,『중국조선족문학사』(공저),『간명한국백과전서』(주필),『중국조선족문화사대계』(총주필) 등이 있다.

◉ 허경진

한국 연세대 국문학과 및 동 대학원 졸업. 목원대 국어교육과 교수를 거쳐 현재 연세대 국문학과 교수로 있다. 2005년부터 중국 연변대 겸직교수로 재직중이다.

◉ 허휘훈

중국 연변대 조문학부 및 동 대학원 졸업. 문학박사. 현재 연변대 조문학과 교수로 있다. 연변대 조선문학연구소 소장, 연변민간문예가협회 이사장이다. 저서로『조선민간문화연구』,『조선문학사』(공저),『중조한일민담비교연구』(주필) 등이 있다.

연세국학총서 73
중국조선민족문학대계 30

색인

초판 1쇄 발행 _ 2010년 6월 15일

주편자 _ 김동훈·허경진·허휘훈
　　　　 연변대학교 조선문학연구소
발행인 _ 김흥국
발행처 _ 도서출판 보고사
등 록 _ 1990년 12월(제6-0429)
주 소 _ 서울시 성북구 보문동 7가 11번지 2층
전 화 _ 922-5120/1(편집) 922-2246(영업)
팩 스 _ 922-6990
메 일 _ kanapub3@chol.com
홈페이지 _ www.bogosabooks.co.kr
ISBN _ 978-89-8433-431-1(94810)
　　　　 978-89-8433-401-4(세트)
정 가 _ 13,000원

간 행 사

　우리 조상들이 중국 땅에 이주해온 이후, 오랜 역사를 통해 탁월한 저력으로 독자적인 문화를 창출해냈고 또한 많은 문화유산을 물려주기에 이르렀다. 그 가운데 우리 조상들의 알찬 삶의 지혜와 다양한 경험들이 축적되어 있다. 바로 이 때문에 문화유산 중 큰 비중을 차지하는 구비문학과 기록문학이 소중하며, 다시 읽어야할 보전(宝典)으로 남게 되었다.

　과경(跨境)민족으로서의 중국 조선민족은 19세기 후반이래로 수차의 문화적 격변의 시대를 살아왔다. 이른바 개화기의 격류 속에서는 전통문화와 서구문화사이의 갈등, 한문학과 국문문학 간의 교체를 경험했고, 식민지시대에는 국문문학의 문체혁신과 일제에 의해 책동된 전통문화의 쇄멸 말살이라는 시련을 겪기에 이르렀다. 이런 변화와 역경 속에서도 중국 땅에 망명하였거나 이 땅에서 유·이민 혹은 정착민으로 생활해온 우리 겨레의 지조 있는 애국문인들은 결코 붓을 던지지 않았다. 류인석, 김택영, 신규식, 신채호, 안중근, 리상룡, 김정규, 김소래, 최서해, 염상섭, 주요섭, 최상덕, 강경애, 현경준, 김창걸, 안수길, 박영준, 황건, 김조규, 윤동주, 박팔양, 이육사, 함형수, 리학성, 천청송, 김학철, 윤해영, 채택룡, 설인 등 헤아릴 수 없이 많은 문학도와 시인, 작가들이 바로 필설로 그 시대를 증언해온 대표적인 지성인들이다.

　그들 중에는 고국을 떠나 갈바람에 흩날리는 낙엽처럼 정처 없이 떠돌다 두만강, 압록강을 건너와 허허 넓은 만주벌판, 낯선 이국땅 서러운 추녀 밑에서 간도아리랑을 부른 망향시인이 있었고 하늬바람 불어치는 산해관을 넘어 북경, 서안, 상해, 무한 등 천년고도에 떠돌이로 남아 언론매체를 빌어 '천고'를 울리고 '진단'을 노래하고 청구의 '광명'을 만방에 호소한 청년전위가 있었

는가 하면 백산, 흑수, 송료, 제로, 태항, 중원의 고전장에서 음마일생을 수놓아 가며 목숨을 바친 무명용사도 있었다. 여순, 나가사끼, 후꾸오까의 감옥에서 단지혈맹의 뜻을 굽히지 않고 다리를 절단해가면서도 끝까지 혁명의 지조를 지켜왔거나 끝내 '한 점 부끄럼 없이' 꽃처럼 피어나는 피를 민족의 제단 앞에 바친 암흑기의 푸른 별들도 있다. 그들은 문자에 앞서 몸으로 지탱해온 삶 그 자체가 더 고결하고 값진 것으로 여겨왔던 것이다. 그들의 피와 땀으로 가꾸어온 문화의 숲은 헌걸찬 우리 민족의 에너지를 부단히 충전시켜 주는 불멸의 혈맥, 끈질긴 생명력의 고동으로 무성하게 자라고 있으며 영광과 비애의 굴곡, 흥망과 성쇠의 기복이 교차되는 수많은 역사 주체의 명멸을 간직한 채 굳건하고 강인한 기백으로 오늘날까지 민족의 정기를 면면히 이어주고 있다.

그들이 남긴 풍부한 문학유산은 그동안 중외(中外)학자들에 의하여 적지 않게 발굴 연구되었으나, 지금까지의 연구는 단편적인 자료에 근거를 둔 것으로서 그 진면목을 체계적으로 파악하기에는 역부족이라고 할 수 있다. 이런 의미에서 중국 조선족과 광복 전 재중 한인, 조선인들의 문학 자료를 체계적으로 발굴, 정리, 출판하는 것은 정체(整体)적인 민족문학연구에서 대단히 중요한 작업이 아닐 수 없다. 그들이 남긴 문학 자료는 지금도 중국각지와 해외의 여러 도서관, 박물관, 문서보관소에 신문, 잡지, 일기, 필사본, 프린트본, 활자본 등 형식으로 흩어져있다. 이런 현실을 감안하여 본 대계는 선배들이 중국 땅에 남긴 문학 자료들을 집대성하여 후세인들로 하여금 문화민족으로서의 자긍심을 갖게 하고 애국애족의 정신을 계승 발양하며 문학, 언어, 역사, 민속, 언론, 사회 등 여러 분야를 망라한 학계인사들에게 21세기 중국 조선민족문화의 새로운 비약을 위한 계통적인 연구 자료를 제공하는데 그 목적과 의의가 있다.

중국조선민족문학의 진수를 정리, 간행하기 위한 계획이나 준비 작업은 연변대학 조선언어문학연구소(현재의 조선문학연구소)의 창립과 더불어 20세기 80년대부터 본격적으로 시작되었다. 권철교수를 비롯한 연변대학 조선언어문학연구소의 조선문학 관계 선배학자들은 1950년대부터 벌써 재중조선인

문학자료 수집에 착수하였고 1990년에는 권철, 조성일, 최삼룡, 김동훈 등 네 연구원의 공동 집필로 된 ≪중국조선족문학사≫를 공개출판하기에 이르렀다. 1992년 연변대학 조선언어문학연구소(현재의 조선문학연구소)는 한국 숭실대학교 인문대학과의 공동연구과제로서 소재영, 권철, 김동훈, 조규익 교수를 중심으로 집필한 ≪연변지역조선족문학연구≫를 펴냈다. 같은 시기에 김영덕, 최문식 교수를 비롯한 연변대학 고적연구소에서는 ≪류린석전집≫, ≪김택영전집≫, ≪윤동주유고집≫, ≪한양가≫, ≪연변조사실록≫ 등 중국지역에서 발굴, 정리한 17권의 민족고전을 출판하였다.

이와 동시에 문학현장의 사실을 증언하기 위해 두 연구소 산하의 수십 명의 연구원들은 연변의 각 현시와 북경의 백림사, 상해의 서가회, 남경의 용반리, 심양시 서류보관소 그리고 하얼빈, 대련, 서안, 남통 등지의 도서관, 박물관 등 중국 국내 수백처의 자료관을 누비면서 우리 민족의 해방 전 문학자료들이 흩어져 실려 있는 ≪천고≫, ≪진단≫, ≪천고≫, ≪진단≫, ≪독립신문≫, ≪민성보≫, ≪북향≫, ≪만선일보≫, ≪카톨릭소년≫, ≪광복≫, ≪신한청년≫, ≪조선의용대통신≫, ≪한민≫, ≪연변문화≫ 등 신문과 잡지, 그리고 지난 세기 초부터 이 땅에서 유전되었던 ≪백두산민담≫, ≪장백산강강지략≫, ≪초등소학수신≫용 우화집과 ≪싹트는 대지≫, ≪재만조선인시집≫, ≪혈해지창≫ 등 최초의 소설집, 시집 및 극본들을 속속 발굴하였으며 무려 1,500만자에 달하는 작가문학 자료와 800여 수의 민요, 2,000여 편의 전설과 민담을 수집하였다. 그들은 하늘을 비상하는 나비가 아니라 발로 땅을 기어 다니는 지네와 같이 지나간 역사와 문화현장에 파고들어 문학현상 자체를 자기의 피부로 촉감하고 확인함으로써 오늘의 이 방대한 민족문학대계의 탄생을 준비하였던 것이다.

본 대계의 출간과 관련하여 우리는 다음과 같은 몇 가지 원칙에서 이 사업을 추진키로 하였다.

첫째, 본 대계에는 중국 조선족 작가와 재중 한국인, 조선인 작가들이 건국(1949년) 이전에 창작한 시, 소설, 일반 산문, 극작품 등 일체의 문예작품들을 수록한다.

둘째, 우리 문학의 세 가지 큰 갈래인 조선문 문학, 한문문학, 구비문학을

통해 역사적으로 이룩한 모든 양식을 함께 수록한다. 먼저 건국 전에 창작된 작품을 30권에 나누어 1차적으로 간행하고 이를 더욱 확대하여 진정한 의미의 문학대계가 되게 한다.

셋째, 구비문학작품은 건국 전에 수집된 것과 건국 후에 수집된 것을 망라하며, 그 내용이 해방 전에 이미 구전으로 전승되었음을 감안하여 이를 모두 1차 간행분에 포함시킨다.

넷째, 언어상으로나 역사적으로 가치가 있는 일부 원전은 원전과 현대어역을 동시에 수록한다. 현대어역을 통하여 한문과 원전의 감상을 가능하게 하고 정확한 원전의 제시로 그 연구의 자료가 되게 한다. 단 일부 한시와 고문은 번역 사업이 미처 미치지 못해 원문만 그대로 싣기로 한다.

다섯째, 건국 전의 작가문헌은 그 문체들이 발생한 시대적 선후를 염두에 두면서 한시, 현대시, 소설, 산문, 희곡 순으로 배열하고 구비문학은 민요, 전설, 민담 순으로 배열한다. 건국 이후의 작품은 대부분 쉽게 찾아볼 수 있는 것들이어서 2차적으로 그 출간을 계획해보려 한다.

1차 간행에 교부된 작품집 목록은 아래와 같다.

제1-3권 한시집
제4-6권 시집(조선문)
제7-13권 소설집
제14-16권 산문집
제17권 희곡집
제18권 민요집
제19권 문헌설화
제20-21권 전설집
제22-27권 민담집
제28-29권 중국에 번역 소개된 문학작품
제30권 별책(색인)

끝으로 본 대계가 편집 출판되는 동안 관심 있는 모든 분들의 협력과 질정을 바라며 어려운 가운데도 이 사업에 동참해주신 편찬위원, 책임편자, 역주자 여러분과 연변대학 고적연구소 임원들에게 감사드린다.

그리고 본 사업의 취지를 이해하고 편집비를 지원해주신 한국 대산문화재단, 2005년도 연세특성화지원금으로 「중국내 한국관련 문헌자료집성사업단」을 지원해주신 한국 연세대학교의 후의에 감사드리며, 아울러 편집과 교정에서 제작에 이르기까지 노고를 아끼지 아니한 보고사 여러분께도 고마움을 표한다.

2005년 12월 26일

중국 연변대학교 조선문학연구소 전 소장 김동훈
중국 연변대학교 조선문학연구소 소장 허휘훈
한국 연세대학교 국학연구원 허경진

편집위원 명단

명예주필: 권 철
주　편: 김동훈, 허경진, 허휘훈
감　수: 권 철, 전성호

편찬위원: **중국** 권　철(연변대 조선문학연구소 고문, 교수)
　　　　　　　　김경훈(연변대 조선-한국학학원 부교수, 문학박사)
　　　　　　　　김동훈(원 연변대 조선문학연구소 소장, 교수)
　　　　　　　　김병민(연변대 총장, 교수, 문학박사)
　　　　　　　　김영덕(원 연변대 고적연구소 소장, 교수)
　　　　　　　　김호웅(연변대 조선-한국학연구중심 주임, 교수, 문학박사)
　　　　　　　　리광일(연변대 조선-한국학학원 교수, 문학박사)
　　　　　　　　전성호(원 연변문학예술연구소 소장, 연구원)
　　　　　　　　채미화(연변대 조선-한국학 학원 원장, 교수, 문학박사)
　　　　　　　　최문식(연변대 민족연구원 원장, 교수)
　　　　　　　　최삼룡(연변문학예술연구소 연구원)
　　　　　　　　허휘훈(연변대 조선문학연구소 소장, 교수, 문학박사)

　　　　　 일본 오오무라 마스오(일본 와세다대 교수)

　　　　　 한국 고운기(연세대 국학연구원 연구교수, 문학박사)
　　　　　　　　김영민(연세대 국문과 교수, 문학박사)
　　　　　　　　김　철(연세대 국문과 교수, 문학박사)
　　　　　　　　유중하(연세대 중문과 교수, 문학박사)
　　　　　　　　이경훈(연세대 국문과 교수, 문학박사)
　　　　　　　　전인초(연세대 중문과 교수, 문학박사)
　　　　　　　　최유찬(연세대 국문과 교수, 문학박사)
　　　　　　　　표언복(목원대 국어교육과 교수, 문학박사)
　　　　　　　　허경진(연세대 국문과 교수, 문학박사)

책임편집 : 최 일
편 찬 자 : 최 일

◉ 일러두기

이 ≪대계≫는 다음과 같은 요령으로 엮었다.

1. 중국 조선족의 기록, 구비문학작품을 비롯하여 재중한인(韓人), 조선인이 중국 지역에서 창작한 작품들을 함께 수록하였다.

2. 20세기 전반기에 창작 발표된 문학작품을 일차적 선제대상으로 확정하였다.

3. ≪대계≫ 각권의 출판은 한시, 현대시, 소설, 산문, 희곡, 민요, 전설, 민담 순으로 배열하였다.

4. 한시와 기타 한문(漢文)으로 쓰인 원전은 매 편마다 원문을 앞에 싣고 역문을 뒤에 함께 수록하여 상호 참조하기에 편리하도록 하였다.

5. 원전에 나오는 일부 지명, 인명, 전고, 방언과 알기 어려운 글자, 누락, 오기 등에 대해 필요한 주를 달았다. 주석표기는 원문(혹은 역문)에 번호를 붙이고 해당 면 하단에 각주(脚注)함을 원칙으로 하였다.

6. 고한문 원전은 번체자로 표기하고 이해가 어려운 한자어의 경우에는 괄호 안에 한자를 넣어 병기하였다.

7. 간행사와 일러두기 그리고 해설은 한국에서의, 작품의 맞춤법·띄어쓰기·외래어 표기는 중국에서의 현행 조선말 규범원칙을 따르되, 어학적·민속적 가치가 높은 해방 전 원전은 원문 그대로 수록하였다.

8. 본문은 연변의 표기방식대로 실었으며, 해설은 한국의 표준법에 맞추어서 윤문하였다.

9. 이 ≪대계≫에서 사용한 주요 부호는 다음과 같다.

   1) (　　) : 음이 같은 한자를 병기함.

   2) [　] : 음은 다르나 뜻이 같을 때나 혹은 풀이한 한문을 병기함.

   3) ≪ ≫ : 책명, 작품명, 대화나 인용을 나타냄.

   4) 〈 ? 〉 : 불확실한 경우를 나타냄.

   5) 　□　 : 원전 또는 원문에서 누락된 문자를 나타냄.

   6) 주석은 ①②로 표시하여 해당 면 하단에 표기함.

차 례

인명색인(작가, 구슬자)

*각 권은 괄호로 표시하였음.

ㄱ

강경애 (8)33~697 (14)292, 295, 301,
    303, 304, 306, 308, 309, 312, 314,
    315, 317, 320, 323, 325, 334, 335,
    337, 338, 340, 342, 346, 348, 349,
    351
강남매화랑 (14)514
강욱 (5)472
강원문 (19)249
강택림 (5)442
강경민 (17)269
강선임 (17)80
강성구 (17)538
강성기 (17)44, 51, 55, 57, 158, 345,
    346, 424
강성동 (28)241
강로경 (14)547
강정희 (28)451
강판시 (29)687
강효혁 (28)93, (17)93

경재 (5)67~68
계민오각 (1)670
계봉우 (1)434, (18)151
계수 (5)450
고다지로 (16)203
고재기 (15)571
고적 (15)346
고철 (16)199
고충일 (20)137, 145
곱단이 (5)69
광포생 (5)642
구명산 (19)158, 188
구룡환 (17)7, 150, 335, 349, 403
구정자 (19)305, (29)519
구종서 (29)426
권계치 (29)460
권녕화 (5)349~351
권석곤 (29)436
권충일 (15)432
극언 (5)473

극화   (1)656

근파   (5)81

기준   (17)160

길운   (28)436

김경모   (17)45

김경보   (28)432, 536, 539, 554

김경선   (29)443, 464, 502, 671

김경락   (5)418

김경수   (20)351

김계운   (17)54

김계한   (28)514

김광섭   (15)539

김광주   (13)229, (14)395, 397, 401

김광훈   (19)195

김교성   (16)213

김국진   (13)440

김국현   (19)320

김귀   (13)388, (15)374, 376, 378

김규은   (5)100

김규찬   (28)49, 76, 108, 180, 181,
    201, 214, 614, 629, 639, 647, 673,
    690

김규환   (21)341

김근타   (5)87

김기림   (14)251

김기선   (19)247, (20)357

김기숙   (17)83, 165

김기종   (14)599

김기호   (29)538

김길선   (21)301

김달진   (5)113~116

김대만   (19)274, (28)330

김대산   (20)132, 157

김대섭   (19)43, 53, (20)39

김덕빈   (5)483

김덕춘   (20)257, 300

김동가   (5)89

김동식   (5)340~342

김동순   (17)51

김동회   (21)361, 368, 370, 391

김동희   (17)443

김두봉   (1)630

김두근   (29)574

김두식   (17)77, 141

김득황   (15)544

김례삼   (5)536

김룡기   (21)309, 334, 347, 424, 428

김룡길   (19)61

김룡환 작사 김룡환 작곡   (17)522,
    534

김룡환 작사 안기영 작곡   (17)538

김룡수   (5)623

김룡인 작사 문호월 작곡   (17)526

김립   (5)455

김만화   (29)141

김말순   (17)77, 145, 172, 190, 193,

217, 417, 422, 436, 483

김명성 (19)347, (29)207, 227, 256, 278, 284, 292, 300, 319, 364, 366, 380

김명호 (19)64

김명국 (29)240

김명녀 (17)408

김명호 (17)120

김문자 (17)244

김병기 (5)103

김병준 (14)573, (28)421

김병화 (17)415, 476

김복락 (13)406~408

김복시 (19)118

김봉삼 (28)535

김봉숙 (17)88

김봉임 (21)367

김봉한 (29)487

김북원 (5)194~202

김산 (7)647~670

김상국 (17)38

김상보 (19)163

김상옥 (17)143

김서영 (5)635~636

김서정 작사 작곡 (17)524

김선 (20)180

김성 (5)403, (14)524

김성각 (15)471

김성진 (14)285

김세형 (20)409

김수돈 (5)464

김수봉 (21)75

김수옥 (17)151, 169, 392

김수완 (29)432, 446

김수현 (28)579

김순길 (20)405

김순남 (17)219

김순룡 (20)128

김순애 (17)358, 366

김순화 (17)493

김승옥 (19)350, (29)231

김승학 (1)602

김승현 (15)551

김악 (5)386

김약필 (21)421

김여 (5)58

김여수 (15)24, 26

김영걸 (29)120, 159

김영수 (16)202

김영일 (15)353, 497

김영팔 (15)101, 103

김옥단 (17)100, 108

김옥희 (20)372, 373, 375

김용태 (15)503

김우수 (16)217

김우봉 (28)473

김우상 (17)382, 393, 472

김우창 (17)166

김우철 (15)473

김원주 (16)202

김월금 (17)143

김월기 (29)168

김유일 (29)572

김유천 (28)467

김윤길 (21)68

김윤식 (28)276, 306, 309, 310

김은순 (29)299

김의옥 (28)438

김이준 (15)518

김인균 (5)630~631

김일 (21)65

김일균 (15)312

김일기 (29)632

김일범 (29)482

김장록 (29)689

김장영 (21)410, (28)74, 98, 111, 166, 177

김재섭 (28)694

김재순 (29)467

김재한 (16)200

김정규 (1)439~596

김점주 (29)500

김정도 (15)388

김정동 (16)206

김정숙 (17)89, 90, 81, 92

김정옥 (20)43

김조규 (6)21, (15)192, 194

김종근 (14)618

김좌진 (1)614

김중건 (1)622

김중환 (17)99

김지섭 (1)610

김진문 (16)208

김진수 (13)241

김진옥 (17)98

김찬구 (15)322

김창걸 (11)586, (15)213, 220, 227

김창렬 (21)310

김창수 (17)370

김창호 (13)469

김채봉 (17)431

김천식 (19)241

김추영 (5)364

김춘강 (15)329

김춘선 (29)679

김춘하 (5)381

김춘진 (29)658

김태룡 (15)493

김태섭 (21)89, 381, 384

김택영 (14)55, 58, 65, 66, 68, 69, 70, 73, 74

김평 (16)201

김학신 (20)264
김학철 (13)17
김학수 (17)257
김한도 (21)295
김한명 (28)55, 132
김현근 (29)276, 361
김현태 (29)564, 595, 697, 699, 702,
    706, 711, 716
김형철 (29)602
김혜숙 (17)272, 451
김홍섭 (17)247
김홍일 (14)112
김환태 (14)432
김희만 (21)400

ㄴ

남고송 (21)38
남상일 (21)281, 283
남영전 (19)169
남영환 (29)557
남은철 (19)114
남인수 (20)377, 379
남해운 (15)535

ㄷ

도성 (29)112
동보인 (17)71

ㄹ

량길옥 (20)286
량순달 (28)64, 113, 152
량재하 (14)624
량학림 (29)543
려수 (15)22, 23
로백린 (1)276
로재기 (17)56, 59, 337
로정원 (15)509
로철진 (19)230
룡명 (19)80
류가전 (28)566
류건봉 (18)103
류린석 (1)88
류불추 (14)595
류준선 (17)64, 69
류준성 (17)462
류중표 (28)160, 179, 199, 200, 207,
    212, 218, 231, 238
류진선 (17)294
류한필 (29)396, 413, 419, 649, 648
리갑기 (15)286
리경희 (17)357
리계숙 (17)179
리계하 (29)104
리광선 (29)470
리광수 (14)138, 142, 146, 149 (29)66,
    216, 222, 272, 311, 342, 367, 368,

369

리광일 (19)143

리광현 (15)423, 429, 431

리규엽 (15)481, 491

리극로 (14)193

리근수 (29)133

리금덕 (17)438

리금봉 (29)347

리끌룡 (29)391

리남순 (21)81

리달근 (15)355, 358, 361

리두성 (29)128

리득선 (20)75

리마리야 (28)675, 678, 681

리만섭 (21)80

리면상 편사 작곡 (17)531

리명갑 (28)328, 359

리몽수 (29)191

리문현 (17)68

리민성 (28)426, 586

리병기 (14)163

리병렬 (17)96

리병원 (21)288, 355, 359

리병지 (17)59, 76, 141, 319

리보인 (29)686

리복례 (17)320

리복찬 (20)221

리봉희 (29)643

리부풍 작사 형석기 작곡 (17)539

리분선 (29)566, 669, 685

리상준 (19)423, 719

리상순 (17)144, 341, 384

리상철 (17)37, 110, 238, 273, 298,
309, 347, 461

리서기 (29)370

리석송 (20)289

리선일 (20)205

리성옥 (17)197

리세일 (21)412

리수옥 (17)201

리순렬 (17)369

리순보 (15)364, 369, 370, 372

리순직 (28)441

리신덕 (29)89

리영자 (29)549

리옥 (20)329

리용연 (16)207

리욱 (6)373

리운곡 (14)591

리운송 (17)181, 414

리운직 (17)281

리웅길 (20)84

리원실 (17)70

리원언 (17)334

리은우 (29)457

리인봉 (20)105, (28)286, 303

리인상　(15)410, 412
리인섭　(17)325, 326, (19)198
리일남　(20)190
리재윤　(20)150
리정　(1)618
리정규　(29)178
리정옥　(29)401, 417, 498
리종남　(29)726
리주영　(17)334
리지영　(17)40
리진성　(19)473
리창국　(19)243
리창하　(29)57, 83, 95, 96, 147, 170,
　　　190, 344
리태운　(17)129, 159
리택홍　(19)354, (29)204, 213, 220,
　　　229, 289
리하렬　(17)438
리학봉　(7)286
리학성　(15)246
리한룡　(16)209
리항백　(19)82
리해산　(17)272
리해상　(17)84, 210
리향련　(29)453
리현구　(17)69, 185
리현규　(17)167, 343, 354, 402, 446
리형주　(15)441, 446

리혜문　(20)173
리혜선　(19)407.63
리호진　(21)332, 373
리희렬　(17)278
림경률　(28)491, 542
림기초　(21)60
림대남　(17)428, 429
림명석　(29)612
림병호　(29)199, 313, 351
림분수　(17)381
림화　(19)300
림수용　(21)338
림수웅　(28)83
림순녀　(17)215
림유옥　(17)105, 186, 193, 242
림지산　(1)648
림차함　(29)666
림창철　(19)404
림천　(15)549
림학수　(14)379

ㅁ

만주아　(15)532
매성　(15)343
맹심　(16)198
명해벽자　(15)456
모윤숙　(14)371, 375
목일성　(13)461

몽초 (15)524

문영화 (17)174, (29)305

문원흡 (15)526

문장욱 (15)573

민학송 (21)84

ㅂ

박경자 (17)287

박규복 (21)292

박금세 (17)43

박기렬 (28)561

박기심 (21)353

박남철 (17)277

박노을 (16)197

박동철 (15)529

박동호 (20)208

박두만 (20)398

박련옥 (21)413, (28)117

박로철 (14)165

박룡범 (17)149

박룡산 (29)76

박림영 (17)437

박명국 (29)247, 248, 359

박명룡 (17)44

박명새 (29)560, 593

박문봉 (20)66, 70

박문섭 (19)192

박문판 (17)263

박병걸 (15)466

박병관 (28)494

박병원 (21)422

박병일 (29)406, 503

박보옥 (17)177

박봄 (14)529

박봉남 (21)315

박봉협 (17)208, 287

박상룡 (19)73

박성근 (21)73

박성화 (19)130

박성호 작사 김월신 작곡 (17)532

박수군 (20)391

박순녀 (17)63

박순덕 (17)135, 332

박순란 (21)349, 377

박순실 (15)561

박승극 (15)546

박승명 (17)115, 132

박영준 (15)112, 115, 116, 118

박영호 (17)531

박옥녀 (29)451

박옥순 (29)577

박용구 (15)261, 264, 265

박윤걸 (29)268, 318

박은혜 (14)574

박음묵 (29)598

박웅진 (19)311, (29)525

박정무 (15)341

박정력 (17)34, 36, 39, 56, 104, 112,
124, 128, 146, 198, 234, 235, 240,
261, 262, 343, 364, 365, 367, 368,
371, 386, 390, 397, 405, 425, 440,
498

박정희 (28)261, 290

박종모 (15)464

박주섭 (17)418

박창건 (20)60

박채봉 (17)94, (29)609

박태순 (17)139

박팔양 (15)21, 27, 29, 30

박혜숙 (17)185

박홍룡 (28)402

박화 (11)323

박화성 (15)347

박희도 (14)572

박희찬 (29)309

방건두 (14)654

방성국 (29)461, 469

방수선 (29)144

방장룡 (20)277

방한규 (21)57

배재호 (19)334

배병찬 (17)75, 486

배영옥 (29)184

배현남 (29)163

백경 (15)557

백두인 (28)434

백락서 (29)101, 108

백산학인 (1)676

백석 (15)243

백설남 (28)563

백취광부 (1)660

백하자 (15)527

변동찬 (21)298

변아심 (15)555

부평초 (1)644

북국유자 (14)582

ㅅ

사순옥 (17)175

상해우객 (14)503

서광수 (17)96

서명식 (28)548

서병기 (17)156

서복음 (28)511

서옥순 (28)486

서인순 (17)372

서춘 (14)191

서항석 (17)536

소민 (29)373

손귀봉 (15)520

손복오 (17)53, 137

손석권 (17)260

손소희 (15)207, 209, 212
손익출 (17)237
송옥주 (17)212, 353, 471
송지영 (15)396, 405, 406, 408
송철리 (15)167, 169, 172, 175
송태섭 (28)485
수림 (21)313, 387, 388
신권일 (20)168
신규식 (14)75
신금철 (19)154
신기석 (14)435
신동기 (14)536
신명건 (19)88
신봉호 (28)604
신불출 (17)520
신상렬 (29)505, 508
신서야 (11)681, (15)282, 284
신석신 (14)610
신영우 (14)639
신영자 (20)200
신영준 (16)201
신영철 (15)268, 271
신영배 (17)410
신옥화 (17)6, 199, 230, 241, 254,
  344, 456, 467, 490, 494
신의순 (19)212
신인순 (17)46, 78, 86, 87, 107, 147,
  379, 464

신철 (17)109, 111, 120, 180, 348,
  351, 421
신채호 (3)39~359
신현구 (28)515, 558, 590
신호 (16)206
신활 (16)205
심도은 (29)394, 496
심성찬 (21)426
심재문 (29)448, 449, 455

◯

안기숙 (17)203
안도현 남도툰 독보조 (17)283
안룡정 (20)46
안명주 (17)132
안수길 (15)196, 205
안순자 (17)284
안용순 (15)581
안웅철 (17)444
안웅철 (19)183, (28)524, 564
안자성 (19)148
안중근 (1)280
안효정 (21)407
양민식 (29)440
양운한 (14)605
양재태 (21)51
어률문 (17)144
엄성 (15)342

엄영실 (17)174

엄시우 (13)376, (15)145, 147, 149, 153, 159, 163

여심생 (14)550

염호렬 (13)447~460

오경숙 (19)222, (20)433, (28)501, 508

오동환 (17)378

오련금 (17)419

오상욱 (21)343

오수만 (17)118

오장환 (15)259

오준목 (21)345

오일현 (21)379

요풍 (21)331

완사 (1)652

왕평 작사 형석기 작곡 (17)530

왕세충 (28)497

왕덕 (20)229

왕희운 (20)391

우옥란 (17)170, 355, 356, 382, 398, 399, 406, 426

우제강 (17)61, 91, 95, 114, 191, 206, 222, 227, 280, 285, 300, 301, 303, 313, 339, 342, 350, 352, 383, 408

원고태 (21)62

원변랑아 (15)295, 307

원변생 (15)310

월촌 (15)254

유경숙 (17)127, 131

유일 (15)564

유재욱 (20)90

유도순 작사 김중영 작곡 (17)523

유룡순, 최립춘 구술 (28)573

유병두 (28)558

유병흠 (21)336, 409, 418, (28)200

유서래 (28)560

유수달 (17)212

유신옥 (17)289

윤군선 (15)435, 436

윤도혁 (13)409~413, (15)389, 391, 393, 395

윤동주 (6)195~370

윤봉길 (1)634

윤석중 작사 문호월 작곡 (17)525

윤순삼 (29)280, 371, 377, 379, 381

윤영남 (28)476, 534, 589, 592

윤영춘 (15)352

윤인순 (17)60

윤일민 (15)437

윤재석 (28)349

윤철준 (29)515

이경로 (13)369~375

이당인 (15)383, 386

이문봉 (28)571

이병지 (17)48

이순보 (13)363

이종정 (14)171
이태준 (14)354
인성춘 (28)150
인인생 (14)532
일민 (15)439

ㅈ

장기남 (16)204
장기선 (15)417, 419, 421
장맹 (15)481
장세태 (29)72
장영호 (19)339
장오복 (28)507
장이춘 (29)454, 456
장지연 (1)256~267
재건 (15)93
전덕원 (1)272
정몽수 (15)476, 479
전무길 (14)447, 491
전성고 (29)511, 512
전성호 (19)315
전송고 (29)662
전신숙 (28)527
전오복 (29)541
전연숙 (21)330
전영일 (15)515
전창화 (29)125
전희순 (17)106, 416

정란용 (28)407, 439
정래동 (14)403, 405
정성칠 (17)134, 142
정수희 (17)267
정순철 (21)425
정용서 (20)271
정원경 (29)265
정원택 (14)120
정윤장 (29)189
정익선 (20)381, 383
정점동 (29)405
정재손 (20)407
정지일 (15)500
정학용 (19)532
정해철 (19)133
정화룡 (28)632
조계천 (17)466
조두남 (29)485, 489
조득만 (29)411, 424, 478
조령출 작사 김룡환 작곡 (17)520
조령출 작사 박시춘 작곡 (17)537
조룡운 (17)336
조병남 (19)209
조병조 (29)713
조복남 (17)496
조봉남 (17)450
조순화 (17)102
조승만 (28)155, 158, 185, 217

조완구 (1)664

조인창 (28)552

조재우 (29)717

조정환 (1)640

조종수 (17)73, 218

조종식 (29)629, 630

조종주 (17)67, 73, 74, 103, 105, 122,
　　136, 137, 147, 168, 195, 201, 252,
　　271, 279, 299, 304, 318, 333, 355,
　　373, 374, 385, 387, 388, 389, 401,
　　409, 410, 427, 469, 481, 502, 506,
　　512, 516

조준철 (13)393~398

조학래 (15)120, 123, 128, 130, 135,
　　138, 143

조한룡 (17)321

조한용 (17)188, 202

종주, 제강, 삼봉 (17)248

주만천 (28)549

주영권 (28)246, 263, 343, 360, 379,
　　388

주요섭 (14)241, 243, 245

ㅊ

차광순 (19)136

차성준 (17)286

차영협 (17)282

차창준 (16)204

채금순 (20)318

채만규 (28)453

채훈 (11)316

천우 (14)506

천일 (29)236, 356

천청송 (15)186, 188, 190

청산청송 (15)180

초형 (15)510

최갑순 (17)209

최광록 (28)651

최경만 (29)473

최관의 (28)529

최국현 (28)444, 483, 532, 520, 542,
　　544

최귀환 (20)236

최근오 (28)557

최금녀 (19)245, (28)413, 456, 464,
　　555, 556, 581

최금철 (20)211

최기선 (29)333

최기정 (15)537

최기환 (20)249, 283, 294

최남선 (14)135

최두남 (17)256

최득화 (16)216

최룡관 (19)192

최룡순 (17)45

최무 (15)333

최상덕 (7)249~643

최선길 (20)187

최성국 (21)415, 416, 419

최성범 (17)412

최성옥 (29)154

최세옥 (7)466

최승호 (20)322

최신명 (17)140, 151

최영선 (28)221, 493

최영수 (14)586

최영한 (15)349

최영환 (14)588

최영희 (17)61, 64

최완수 (7)200

최원식 (28)481

최을선, 최금녀 (28)576

최일 (20)393, 395

최일청 (28)196

최재 (16)212

최정숙 (17)376, 423

최정연 (16)217

최창윤 (29)621

최창준 (29)645, 656

최치만 (29)476

최치선 (17)100

최형수 (29)651

추갑수 (29)569

추미림 개사 김룡환 작곡 (17)527

추미림 작사 김룡환 작곡 (17)521

추야월 작사 김교성 작곡 (17)524, 529

춘원 (14)157

춘초 (15)554

춘해 (14)559

ㅌ

태병희 (20)436

ㅍ

피천득 (14)391

ㅎ

하서룡오 (15)543

하영월 (15)468

하옥순 (17)243

한룡국 (29)263, 327, 375

한병기 (20)345

한병률 (28)69, 70, 77, 78, 80, 95, 99, 151, 179, 181, 198

한상국 (29)491

한서홍 (20)318, 325

한설야 (14)196, 201, 215, 230

한성국 (29)493

한승룡 (20)193

한영수 (19)133

한옥금 (17)475

한옥순 (17)259
한유한 (16)63
한인자 (28)416, 488
한정민 (17)82
한종덕 (17)404
한창섭 (17)49
한찬숙 (15)257
함대훈 (14)269
함동원 (15)469
허길섭 (21)393, 394
허대국 (20)401
허봉춘 (17)126
허봉학 (21)48
허성락 (17)508
허영준 (28)123, 141, 230
허옥금 (28)319, 324, 396
허정동 (28)271
허정희 (17)459
허진 (28)542
현경준 (15)33, 40, 48, 50, 53, 73, 78, 79, 81, 83
현기복 (21)382

현순옥 (29)635
현승철 (29)429
현암 (15)559
현장룡 (28)582
현철 (14)158
현춘월 (17)110, 112, 124
홍성도 (16)204
홍순갑 (29)322
홍양명 (14)420, 424
홍종인 (14)575
홍종환 (28)65, 91, 174
홍택경 (29)641
홍택룡 (15)566
황건 (11)599, (15)89, 95, 97
황교준 (21)374
황구연 (19)325
황금성 (15)223
황봉룡 (16)213
황봉섭 (21)321
황옥순 (29)403
황운선 (17)65
황주옥 (29)459

작품색인

*각 권은 괄호로 표시하였음.

ㄱ

가난한 량반(3) (17)470

가슴에 맺힌 원을 풀어주다 (28)153

가야금타령 (17)145, 439

가장 총명한 신랑감 (28)511

가재미와 메기 (29)380

가정가 (17)281

가정인심 (28)413

家族教育의 前途 (3)248

家姪光鉉來省喜賦 (2)248

가짜량반 (26)157

각서리타령(1) (17)453

각서리타령(2) (17)454

각시타령 (17)379

覺悟는컷건만 (15)369

間島 (14)314

間島紀行 (14)251, 624

間島를 등지면서 (14)295

間島야 잘잇거라 (14)301

間島에客이되어 (14)371

間島의 봄 (14)304

間島風景 (14)292

感中國義兵事五首 (2)133

刊行論 (3)122

갑산닐리리 (17)393

강감찬이 선간장기를 둔 이야기 (29)697

강강수월래 (17)216

강남아리랑 (17)356

강냉이를 다 먹은 모양이구나 (26)204

姜梅山自上海寄詩 奉和 (2)219

강원도아리랑(1) (17)341

강원도아리랑(2) (17)342

강원도포수 (26)44

같지 않은 두사람 (28)292

개과천선한 도적 (25)239

개구리 서울구경 (29)190

개꼴망신한 사돈총각 (29)598

개다리 (29)154

개똥보리밥 (29)453

개미와 메돼지 (28)679

개미의 생일놀이 (29)373

開城文筆峯僧人謂之極樂峰謠
　　(2)299

개타령 (17)469

개타령(1) (17)468

개타령(2) (17)469

개한테 고기를 떼운 서생 (28)553

去年 陳修定見余孫晶基愛之 請以
　　其女作配 余感而諾之 三月十三
　　日 行納采禮 錢浩哉費範九二君
　　爲之作媒 作此謝之 兼屬修定
　　(2)293

去來無常 (15)406

거리의 葬送曲 (15)410

거울을 깨고 랑군을 얻다 (28)474

거위 (17)455

거위똥속의 진주 (28)94

≪거저깨≫를 거두다 (28)538

거짓말 세마디 (29)311

거짓말 잘하는 총각 (26)192

거짓말쟁이와 욕심쟁이 (26)197

건방진탓일까 (15)370

게와 원숭이 (25)350

게으름뱅이 새끼산양 (26)443

게으름뱅이 총각 (29)285

게으름뱅이가 장가를 들다 (25)233

季節과함 不如歸第五 (15)97

겨우사리 (15)112

겨울의 할빈 (14)586

警告 儒林同胞 (3)213

경박호전설 (29)726

경발림 (17)292

경상도아리랑 (17)350

京城素描 (15)500

계모 (25)195

고고천변 (17)231

고기장사 (28)217

고기타령 (17)466

고래장이야기 (29)102

고려장 (25)64

孤淚苦 (15)123

古物陳列所觀 高麗磁器有感 (3)323

고사리타령 (17)151

고산장군 (28)659

姑蘇懷古 (2)40

고아의 노래 (17)484

고아의 설음 (17)323

고약한 량반의 끝장 (29)663

고약한 사또 (26)139

고양이는 왜 똥 누고 파묻는가?
　　(29)509

고양이목에 방울 달아준 쥐 (26)445

고양이와 개가 철천지원쑤가 된 사
　　연 (25)360

故鄕의 蒼空 (14)320

곡산아리랑 (17)350

哭韓竹松兄 (15)78

骨相과 彩票 (15)118

곰보안해를 얻은 황대감 (29)544

곰보타령 (17)456

공짜만 바라는 공복만 (29)686

孔參奉允悅聖學 (2)148

곶감 먹고 자살하다 (29)456

과부가 장가들다 (26)333, (28)84

과부설음 (17)184

광일이와 광원이 (29)333

光鉉偕孫生應天得和至 喜而賦贈
  幷及孫生 (2)310

光鉉道其友李丹宇容汝卜居之佳 急
  人之美 且道其嗜玩拙著 感而有
  贈 (2)311

校門을 나서면서 (15)341

九日發船作二首 (2)38

九月 安總長昌浩念余衰老 携牛肉
  來餉 談次道及尹次長顯振之夭
  旣別作此寄之 因悼尹君 (2)298

구녕변가 (17)221

구두령과 구룡담 (26)34

구룡천전설 (29)729

舊書國漢文의 輕重 (3)197

舊書蒐集의 必要 (3)269

구식도라지 (17)156

國家는 卽 一家族 (3)250

國家를 滅亡케 하는 學部 (3)230

國境을 넘어서서 (14) 529

國境情調 (14)196

國文硏究會 委員諸氏에게 勸告함
  (3)202

國文의 起源 (3)201

國民·大韓 兩魔頭上 各一捧 (3)127

國民의 魂 (3)267

國粹保全說 (3)223

군밤타령 (17)396

군이 돌아앉습데다 (28)539

굳은 땅에 물이 고인다 (29)645

굴암돼지우리 (29)227

窮迫譚 (15)515

굿거리 (17)277

굿소리 (17)278

궁냥 좋은 셋째며느리 (28)438

귀락당과 당나귀 (29)126

귀머거리령감 (26)392

귀신 이야기 (29)318

귀신을 물리친 며느리 (26)290

귀신을 잡아먹는 사람 (29)391

歸鄕記 (15)261

歸鄕의 하로 (15)549

그래도조흔곳 (15)268

그리운 間島 (14)574

그림 한장 (28)160

그제야 깨달은 어미양 (28)583

近今 國文小說著者의 注意 (3)39

근심없이 산 로인　(28)113

글과 音樂과　(15)264

金錢·鐵砲·咀呪　(3)146

글짓고 장가든 이야기　(29)279

금 천냥　(26)236

금강산 숯구이총각　(26)67

금강산타령(1)　(17)223

금강산타령(2)　(17)225

금덩이　(28)648

금덩이가 돌멩이로 변하다　(25)297

금덩이와 돌담　(28)80

금덩이와 형제간　(28)77

금돌로 집을 지은 수돌이　(29)602

금두꺼비　(26)209

金陵二首　(2)74

금병아리　(29)72

金山生壙歌　(2)253

금섭공주　(25)159

今日 大韓國民의 目的地　(3)274

금일 불이출문　(29)367

금전 백냥　(29)470

금전을 탐내던 사위와 딸　(26)255

금제의 이야기　(26)47

寄金參奉元培 兼贈林主事晃植
　　(2)301

寄金春皐允行謹鏞　(2)97

기나리　(17)409

寄李蘭谷建芳　(2)112

寄朴茂原　(2)99

寄嗇翁四首　(2)73

기생과 대감집 아들　(26)268

寄徐秘書丞相勖　(2)104

寄蘇堪爲文壽峰崔寄園乞字　(2)281

寄小湖求刻印石　(2)179

記憶에 남은 夢金浦　(14)335

寄嚴幾道　(2)90

記者生活今昔記　(15)551

寄張順侯三首　(2)262

寄浙江蔣孟潔　(2)256

寄鄭茂亭承旨 用九言體　(2)102

寄鄭蘇堪　(2)93

寄題權景韶鳳洙所居芝村書堂
　　(2)307

寄贈寄園崔進士　(2)258

寄鄭葵園　(2)100

寄趙復齋　(2)214

寄贈李忠道　(2)238

寄贈從姪子德　(2)272

寄陳子貞　(2)170

寄河茂才　(2)208

畿湖興學會는 何由로 起하였는가
　　(3)120

機會는 不可坐待　(3)221

寄黃梅泉　(2)107

긴난봉가　(17)400

긴농부가　(17)39

긴아리랑 (17)351

긴육자배기 (17)426

길몽 꾸고 이국부마가 된 토기쟁이
　(29)707

길싸움 (29)440

김생원 (29)525

김선달 이야기 (29)578

김선달의 이야기 (25)323

金允行 (2)145

金允行之刊吾文也 諸君子傍助者亦
　多 賦懷人體十一首以徧謝之
　(2)138

金平季贈詩有"老臣不作他人婦 携
　取妻帑下九州"之語 感而謝之
　(2)45

金厚卿 (2)141

깃털 세대 (25)151

까다로운 령감 (25)319

까마귀고기 (28)360

까막솥 (26)122

까만밤 세말에 삼천냥 (28)527

까투리타령 (17)201

깍쟁이 지주를 골탕먹인 ≪중≫
　(29)662

꽃노래 (17)242

꽃망태목동(1) (17)520

꽃망태목동(2) (17)521

꽃송이가튼첫눈 (14)303

꽃쌈지 (17)421

꽃타령 (17)241

꾀많은 암탉 (26)441

꾀많은 토끼 (26)428

꾼대타령 (17)387

꿀강아지 · (26)143

꿀이 왜 만병통치약이 못되였는가?
　(29)511

꿈노래 (17)187

꿈배타령 (17)388

꿈으로 천냥빚을 갚다 (26)150

꿍드렁 타령 (17)285

ㄴ

나도밤나무 (29)490

奈落 (15)473

나무 베는 소리 (17)140

나무군 소리 (17)141

나무군과 세 건달 (28)291

나무타령 (17)147

나물타령 (17)150

나비가(망향곡) (17)327

나쁜 시어머니 (25)244

나어린 서방 (17)180

나의 삶의 管見 (15)349

나의 小說履歷 (15)73

나의 幼年時節 (14)306

나의 地上 (15)89

나의 職場은 宇宙 (15)101
나질가 (17)193
나팔과 호랑이가죽 (26)398
난봉가 (17)397
南國레포 (14)547
남도령과 서처자 (17)482
南滿을단녀와서 (14)532
南滿洲行 (14)407
南北滿洲遍踏記 (14)269
남생이의 줄당기기 (28)79
남성 (28)55
남잡이가 제잡이 (26)252
남잡이가 제잡이 (28)316
남초시의 이야기 (28)537
남포질소리 (17)149
낫소리 (17)136
내가 十八歲時節에 (14)572
내가 좋아하는 술 (14)340
너때문에 나도 망신 (29)365
널뛰기 (17)318
네 아들이 네 아들, 내 아들이 내 아
    들 (29)630
녀스승 (25)300
노다지 (17)521
노들강변 (17)519
노란 능금 (29)658
노랑두 대가리 (17)181
노래가락(1) (17)365

노래가락(2) (17)366
노래가락(3) (17)368
노래가락(4) (17)368
노래가락(5) (17)369
노루와 돌쇠 (26)425
논김매는 소리(1) (17)56
논김매는 소리(2) (17)57
논김매는 소리(3) (17)57
논김매는 소리(4) (17)58
놀량 (17)288
농부가(1) (17)33
농부가(2) (17)34
농부가(3) (17)35
농부가(4) (17)36
농부가(5) (17)37
농사타령 (17)40
눈나리는거리 (15)186
뉘덕이냐, 내 덕이지 (26)360
느리개타령(1) (17)384
느리개타령(2) (17)385
느리개타령(3) (17)386
능수버들(신 천안삼거리) (17)528
니나니타령 (17)255
닐리리 (17)532
닐리리(1) (17)392
닐리리타령(1) (17)389
닐리리타령(2) (17)391

ㄷ

다듬이소리 (17)107

多事之秋 (15)167

단가 (17)234

단나무 (25)316

단방귀 사시오 (29)485

단방귀를 팔다 (25)140

端午回想 (15)412

단지타령 (17)144

丹楓필무렵 (15)372

단허리 (17)46

달거리(1) (17)429

달거리(2) (17)431

달고소리 (17)296

달구소리 (17)299

달놀이 (17)213

달달궁궁 (17)466

달아 달아 (17)213

달이 둘로 보이면 출세한다 (28)284

달팽이의 발자욱 (15)557

달풀이 (17)435

닭알 빼앗아 먹고 송아지를 떼우다.
(28)492

담바구타령 (17)252

담배대 재판 (29)370

당기당타령 (17)536

당나귀 정씨의 유래 (29)685

대구와 가재미 (28)581

大連星浦 (14)432

大陸에잇든마음 (15)388

大陸幻想曲 (15)546

代聞 皇上內禪感賦 (2)57

大我와 小我 (3)104

대왕과 나무군 (28)682

對月懷王原初敬菴字 次前所贈韻
(2)150

대추타령 (17)199

大韓新民會 趣旨書 (3)205

大韓의 希望 (3)86

大黑虎의 一夕談 (3)354

덕룡이와 복녀 (29)636

德·智·體 三育에 體育이 最急
(3)234

屠敬山挽 (2)312

도교를 몃던 네사람 (28)507

도깨비감투 (26)215

도깨비에게 홀린 총각 (26)309

道德 (3)154

도라지 (17)155

도리깨소리 (17)73

도리깨타령(1) (17)73

도리깨타령(2) (17)74

도박군과 범 (26)396

悼朴栢堂 (2)129

都市의面目을維持하라 (15)310

도원수로 된 정기룡 (29)632

도적놈에게 안해를 빼앗기다 (26)258

도적벼슬 (29)89

도토리묵 (17)202

도함자유래 (26)36

독교바위 (29)214

讀書餘談 (15)27

독장사 구구 (28)329

獨淸 (15)254

돈돌라리 (17)219

돈, 벗, 그老人 (15)38

돈타령 (17)260

돌각담속의 불사약 (26)272

돌과 두꺼비 (25)330

돌이 (29)179

동그랑 땡 (17)457

同屠敬山 赴莊茂之菊花大會之招 (2)199

東滿의魔境·天險蜀道 (15)246

동명왕전설 (25)27

동백꽃타령 (17)197

동백타령 (17)198

冬生譚 (15)395

東洋伊太利 (3)282

東洋主義에 對한 批評 (3)113

同王少屛游奎星樓 (2)49

동자삼 (26)335

동풍가 (17)438

冬風賦 (15)130

동해에 뱅어가 생긴 유래 (25)45

東海豊府院君 (2)125

同化의 悲觀 (3)252

豆滿江禮讚 (14)317

두 사돈 (29)310

두 사돈의 부채질 (28)558

두性格의 魅力 (15)26

두 친구 (26)299

두 형제 (28)399

두꺼비와 쥐 (28)591

두꺼비와 처녀애 (29)488

두꺼비의 충고 (28)632

두더지의 혼인 (26)430

두루미산 (29)232

둥개타령 (17)438

둥게타령 (17)189

뒤산타령 (17)290

드레 소리 (17)59

得王敬菴侍講性淳書喜賦 (2)96

得郝衡之熱河寄信 (2)170

등대타령 (17)258

등짐장수와 귀신량주 (29)609

땅기타령 (17)475

떠도는조각글 (15)207

떡타령 (17)205

떼목군의 노래 (17)125

ㄹ

라질가 (17)437

臘月日消息 (15)537

浪客의 新年漫筆 (3)46

량반과 농부댁 (29)688

량반과 쥐량반 (29)493

량반을 골려주다 (28)532

량반을 욕질한 훈장 (29)576

량반의 쌀로 이럴 법이 있습네까?
　(28)435

良心 (15)147

旅愁 (15)468, 520

歷史와 愛國心의 關係 (3)94

련꽃 이야기 (29)217

렬녀와 김서방 (26)245

령감이 세상구경을 하다 (25)314

령감타령 (17)471

靈峯을 찾고와서 (15)561

령지 (28)566

爐邊記 (15)484

爐邊雜感 (15)481

로인을 사온 이야기 (29)459

로처녀가 (17)498

論忠臣 (3)277, (14)277

룡과 봉황의 배필 (25)66

룡궁에 갔다 오다 (28)185

龍井의첫印象 (15)346

龍井이그립다 (15)347

룡중공주와 농부 (25)113

루명을 벗은 야장쟁이 (29)569

류별가 (17)506

六月五日晨 潛隨登州商人紀蘭亭出
　仁川 薙髮作華裝 向晚同紀及諸
　華商登 輪船 向烟臺作 (2)86

六日 自漢城挈眷出仁川 將往淸國上
　海 書別李茂才(範仲)三首 (2)37

리별가 (17)322, 427

리별단가 (17)187

李小湖嘵芙 省墳紹興回 爲言雪中
　過稽山眺矚甚樂 賦贈六首 (2)94

리씨가문의 둘째며느리 (29)567

李儔傳 (14)5

리춘보 (29)407

利害 (3)161

린색한 지주 (28)514

림기응변 (28)676

ㅁ

마음의門을닫다 (15)50

馬賊窟大秘密實見記 (14)599

馬賊에게死刑宣告를當한瞬間
　(14)193

滿街夜話 (15)435

挽曲園先生 (2)54

滿蒙踏査旅行記 (14)171

萬壽山紀行 (14)207

萬一靈이있다면 (15)212

晩乘小輪船 向蘇州 (2)39

滿洲紀行 (14)354, 618, 639

滿洲農民의儉勤默 (15)172

滿洲問題에 就하여 再論함 (3)331

滿洲벌을 向해 (14)285

滿洲에서 (14)149

滿洲旅行記 (14)559

滿洲와 나 (14)157

滿洲와 日本 (3)328

滿洲의봄 (15)518

滿洲的放浪記 (15)503

滿洲朝鮮文學과 作家의 情熱
　　(15)223

滿洲走看記 (14)491

滿洲草創期 (15)441

晩夏 題水木明瑟亭 有懷薔翁叅政
　　凡七首 (2)216

맏며느리 (29)500

말목 치는 소리 (17)148

말몰이군 타령 (17)462

말발굽산 (28)50

말없는 공주 (29)615

맑은하늘 (15)526

亡妹墳前 (3)332

망명의 노래 (17)281

망신당한 사또 (26)135

망아산 (29)229

望揚州 (2)75

망질소리 (17)107, 146

망향가 (17)326

망향곡 (17)324

매눈 (28)264

매돌 지고 나귀 타다 (28)557

매돌을 지고 나귀를 탄 선비 (26)278

梅花館夜飮席上 贈塾師王鶴儔
　　(2)236

貘에의 袂別 (15)209

맹꽁이 (29)635

맹꽁이 타령 (17)538

맹인덕담경 (17)313

머슴과 보물 (26)165

머슴과 부자 (28)435

머슴군과 량반 (28)690

머슴이 장가를 들다 (25)182

머저리동생 (26)373

멍청이 (26)369

멍청이가 안해를 맞다 (25)306

멍청이동생 (26)376

메나리(1) (17)61

메나리(2) (17)62

메나리(3) (17)64

메나리(4) (17)64

메나리(5) (17)65

메나리(6) (17)65

메밀병 (29)169

메추리는 왜 꼬리가 없는가? (26)449

메추리와 꿩 (28)651

며느리 신세 (17)183

며느리와 장님 시어머니 (25)312

며느리의 노래 (17)183

名과 利와 眞의 三人 (3)345

明瑟軒卽事 (2)132

명씨와 안씨 (29)360

명약은 명약이야 (28)95

모내기 노래 (17)54

모내기타령 (17)56

모밀국수 (17)203

모심는 소리 (17)358

모심는 소리(1) (17)48

모심는 소리(2) (17)49

모심는 소리(3) (17)51

모심는 소리(4) (17)52

모심는 소리(5) (17)53

모심는 소리(6) (17)53

모자간의 깊은 정 (28)221

모찌는 소리(1) (17)47

모찌는 소리(2) (17)47

목도리를 두른 이야기 (25)84

목동과 선녀 (25)36

목동과 임금 (29)273

목수타령 (17)142

목숨 떼운 부자 (28)493

묘한 장기수 (29)476

무궁주와 송곳 (29)505

무능한 원 (29)496

무덤달고 (17)299

무식쟁이 손우수 가다 (29)362

무진별곡 (17)292

무학의 전설 (26)38

默想錄 (15)497

聞季弟性天 以八月七日見孫 慶喜
賦 (2)135

文法을 宣統一 (3)118

문상 앞서 축하 (28)542

聞孫兒晶基 至錦州 喜賦 (2)282

聞鴈 (2)299

文藝界 靑年에게 參考를 求함 (3)41

聞義兵將安重根報國讎事 (2)89

문자우환 (29)265

聞族姪重吉好詩 寄贈拙著數種
   (2)248

問題 없는 論文 (3)170

문짜기 (28)290

文學擁護의 辯 (15)376

文學風土記 - 間島篇 (15)33

文化와 武力 (3)296

聞黃梅泉殉信作 (2)123

물동이타령 (17)143, 195, 383

물레방아 (17)87

물레타령(1) (17)101

물레타령(2) (17)102

물레타령(3) (17)103
물레타령(4) (17)104
물방아 (17)87
물방아타령(1) (17)88
물방아타령(2) (17)89
물푸는 소리 (17)59
민들레꽃 (28)319
밀방사약 (28)376
밀양아리랑(1) (17)343
밀양아리랑(2) (17)344

ㅂ

바다 (15)543
바다구경 (28)343
바닷물이 짠 리유 (25)75
바보 (26)384
바보가 신부감을 유괴하다 (25)286
바보신랑 (29)398
박노래 (17)244
朴茂原 (2)143
박서방과 도깨비 (28)237
朴石堂挽 (2)252
박어사 출도 (29)301
박어사의 덕행 (28)529
박연폭포 (17)404
박의협 (28)39
撥憫의書 (15)08
밥 한술, 말 한마디 (28)75

밥가마안에 홈을 치자고 그럽네다.
   (28)435
房 (15)361
방개타령 (17)256
방개홍개타령 (17)257
放浪歌 (15)143
방아소리 (17)86
방아야 돌아라 (17)92
방아타령 (17)537
방아타령(1) (17)78
방아타령(2) (17)79
방아타령(3) (17)80
방아타령(4) (17)81
방아타령(5) (17)82
방아타령(6) (17)83
방아타령(7) (17)83
방아타령(8) (17)84
방초야! (26)340
訪周晋琦曾錦不遇 留題二首放鶴亭
   (2)62
밭가리소리(1) (17)44
밭가리소리(2) (17)45
밭가리소리(3) (17)45
배 띄여라(1) (17)119
배 띄워라(2) (17)120
배꽃타령 (17)405
배노래(1) (17)108
배노래(2) (17)109

배노래(3)　(17)110

배노래(4)　(17)110

배노래(5)　(17)111

배노래(6)　(17)112

배노래(7)　(17)113

배따라기　(17)479

배사공 처녀　(29)159

배소리(1)　(17)114

배소리(2)　(17)116

배씨올시다　(29)458

배은망덕한 호랑이　(25)357

배좌수 황천길　(29)621

백년삼　(28)452

백두산 신령　(26)242

백두산아래 첫동네의 유래　(26)41

白墨塔序章　(15)192

백발가　(17)502

백사슴　(28)604

백운정기　(14)73

백정의 아들　(28)166

백제의 칼　(29)464

뱀처녀　(25)59

버들잎　(29)133

버섯은 왜 하루 피고 질가요?　(29)498

벌목가　(17)142

범벅타령　(17)207, 254

범의 위풍을 빈 여우　(28)177

범한테 물려죽은 중　(26)232

베짜기 노래　(17)98

베짜는 설음　(17)99

베틀가(1)　(17)94

베틀가(2)　(17)95

베틀가(3)　(17)96

베틀노래(1)　(17)96

베틀노래(2)　(17)97

벼 베는 소리　(17)72

벼룩이와 이와 빈대　(29)376

별각선생　(29)95

별걱정을 다 하십니다.　(28)437

病床日記　(15)366

病床隨感　(15)432

病床懺悔　(15)469

병오년 5월 13일 한묵림인서국 연못
　　에서 노닐며　(14)74

病窓漫筆　(15)213

보리방아　(17)93

보리타작　(17)75

보배구슬　(28)520

보배독　(29)482

보쌈　(26)318

保種·保國의 元非二件　(3)70

보헤미안獨白　(15)535

보황금　(29)248

복구렝이　(26)225

복둥이와 민둥이　(29)37

복수　(28)379

복을 찾다 (25)177

赴退翁招 歙城南別業 歸賦却寄
　　　　(2)161

봄그리는마음 (15)491

봄노래 (17)523

봄맞이 (17)525

봄이 그립소 (15)220

봄이 오네 (17)524

봄이 왔네(처녀총각) (17)522

봄 追憶의 한토막 (15)353

봉사가 장가들다 (26)312

봉이 김선달 (26)119

봉의 김선달의 이야기 (28)532

봉죽타령(잦은 배따라기)(1) (17)121

봉죽타령(2) (17)122

奉天紀行 (14)610

奉和李雨堂莘田丈人 (2)113

附幾道和詩 (2)92

附答詩 / 歸甫 (2)192

부뚜막타령 (17)145

扶老之嶺 (15)257

부모 괄시가 제 괄시 (29)190

부모은덕가 (17)325

부엉이의 재판 (28)589

부엌돌이 (28)600

附友卿原詩 (2)156

부자놈을 골탕먹인 젊은 총각
　　　　(28)483

부자를 마음껏 희롱하다 (28)545

부자의 귀뺨을 철썩 치다 (28)538

附和詩 (2)78

北京雜感 (14)245

北國紀行 (14)201

北國의서울哈爾濱 (15)343

북두칠성 (25)50, (28)150, 415

北滿巡旅記 (15)581

北滿奧地旅行記 (14)112

北滿周遊記 (14)654

北支見聞錄 (14)379

北平의秋夜月 (14)403

불 (15)116

불로초 (28)427

불목데기가 사또 되다 (29)369

불에 타죽은 범 (26)432

불여우를 때려잡다 (25)171

붓가는대로 (15)21

비겁한 사람 (28)69

비단타령 (17)100

비천한자 가장 총명하다 (28)488

빈집의 비밀 (28)254

빨쥐 (29)379

뺨 얻어맞은 사또 (28)550

뽕 따러 가세 (17)377

뽕타령 (17)375

뾰족금 한덩이 (28)487

ㅅ

事故　(15)28

사공소리　(17)116

四年만의北京　(14)135

四年前　(15)532

謝澹廬贈蠟梅折枝一束　(2)188

사돈과 범가죽　(29)411

사람에게 머리칼이 있는 리유　(25)73

사랑가　(17)533

사랑가(1)　(17)411

사랑가(2)　(17)413

사랑가(3)　(17)414

사랑가(4)　(17)416

사랑산　(28)124

謝李明集貽書結交　(2)195

사명당 리석규　(29)713

謝慕逸以五律二首見贈 率和　(2)283

사발가(1)　(17)370

사발가(2)　(17)371

思想家의 勞力을 要求하는 때　(3)167

思想變遷의 階級　(3)262

死線을 넘어선 그 時節―生死線上
　　에빛인―縷의光明　(14)191

사설난봉가　(17)403

사설방아타령　(17)91

謝申總長圭植西曆新年之問　(2)307

謝吳生見訪 吳卽乙巳至通州時 同
　　宿於舟中者也　(2)51

사위 고르기　(26)201

사위감 고르기　(29)120

사위감을 떠보다　(29)691

四日至通州大生紗廠 贈張退翁觀察
　　叔儼　(2)44

謝錢浩齋餽橘　(2)273

謝錢浩哉餽米　(2)304

謝丁茂才鳳泰贈錦枕　(2)305

사천고을 원님과 백씨부인　(29)104

謝湯醫士治病牙　(2)159

謝退翁歲餽　(2)309

謝退翁歲餽三首　(2)136

산 정과 죽은 정　(28)324

산념불　(17)300

산삼　(29)327

산소동토　(26)330

산아지타령　(17)383

산운제소리　(17)150

산천가　(17)220

산천초목　(17)288

산포수 천덕이　(29)184

살모사와 참새　(26)439

살인한 중을 처단하다　(28)155

삼거리 능수버들　(29)192

삼남매　(25)278

삼돌이와 호랑이　(29)385

삼동주타령　(17)377

삼삼는 소리　(17)105

삼삼이타령 (17)106

삼아리랑 (17)531

三人의朝鮮勇商人 (14)573

三從弟縣監仁汝 (2)139

삼태성 (28)256

삼태자 삼정승 (29)666

삼형제 (25)154

삿갓과 손자 (29)661

상도와 리씨네 딸 삼형제 (29)644

상민을 업신여긴 말로 (25)268

상사소리 (17)43

上巳日 薔翁招飮觀萬流亭 旣飮 令所
　　建伶工學社童子數十人唱歌 作
　　詩促和 歸後用其韻和之 (2)280

상시관이 매관했소! (28)537

상여소리(1) (17)272

상여소리(2) (17)273

上海觀戰記 (14)550

上海大戰回想記 (14)391

上海로부터漢城까지 (14)506

上海로부터金陵까지 (14)514

上海서(第一信) (14)138

上海서(第二信) (14)142

上海惡夢 (14)420

上海夜話 (14)538

上海晤張薔菴修撰有贈 (2)40

上海에서 (14)536

上海의 겨울밤(街頭風景素描)

　　(14)397

上海의 녀름 (14)524

上海의 밤 (14)395

上海의解剖 (14)503

上海片信 (14)146

새고기 한점, 소고기 열점 (29)469

새끼 세발 (29)280

새끼낳이를 하는 함지 (28)558

새매가 생겨난 유래 (25)344

새며느리와 동자삼 (26)338

새아리랑(1) (17)353

새아리랑(2) (17)354

새絶對와 眞理 (15)24

새쫓는 소리 (17)77

새타령(1) (17)237

새타령(2) (17)238

새터를 닥그려 (15)342

새털옷 (25)206

薔菴徐夫人挽 (2)65

薔庵參政爲退翁七十 招鄕老讌南公
　　園 名曰觀千齡會 作絶句八首紀
　　之 奉和 (2)287

薔翁招余飮林溪精舍 旣而作詩述其
　　事 有和 (2)227

薔翁原韻 (2)230

薔翁大修奎星樓 改名曰中公園 令
　　李小湖陳峙西二生 分畫梅松於
　　園亭壁 (2)231

색시그루는 다홍치마적에 (28)509

索題 (2)231

샘 (29)343

생금 한덩이 (26)234, (28)482

생금생금 생가락지 (17)196

생선 굽는 냄새와 엽전소리 (29)427

生活과 文化 (15)22

生活과 變轉 (15)466

生活의 歷史 (15)79

서당훈장과 나무군 총각 (29)689

西伯利亞放浪記 (15)52

書徐淡廬扇 (2)57

서울깍쟁이와 개성깍쟁이 (29)651

書籍界 一評 (3)272

서춘보 (28)331

西塔뒷골목 — 갈비집에서 (15)307

西湖 (2)82

西湖問答 (3)236

西湖水畔의 哀話 (14)158

西湖의 밤 (14)163

徐氏梅花山館 贈塾師達繼聯三首 (2)206

석돌이와 부자 (28)524

夕陽 (15)554

石又新邵大樗二少年攻詩之暇 共學琴於徐立孫 一日相與携琴過余 各操一二弄 作此謝之 (2)283

惜乎라, 禹龍澤氏의 國民·大韓 兩

魔報의 鷹犬됨이여 (3)141

惜乎라, 禹龍澤氏의 國民·大韓 兩 魔報의 鷹犬됨이여 (14)141

鮮系開拓地風土記 (15)286

善惡의兩面과 生存競爭 (15)555

宣言文 (3)65

선유가 (17)428

섣달 그믐날 손님대접을 잘한 덕분 (29)542

雪夜雜咀 (15)169

성급한 놈 부인까지 잃다 (29)368

誠力과 功業 (3)102

성주풀이(1) (17)260

성주풀이(2) (17)261

성주풀이(3) (17)263

성주풀이 엮음 (17)264

聲討文 (3)209

세 귀머거리 (26)394

세 병신 의형제 (26)387

세 병신이 한 동리를 지나다 (28)218

세 사위 내기하다 (29)648

歲色이薄如紗 (15)23

세 정승의 회고담 (28)515

穢草 (15)464

셋째딸네 집으로 가다 (28)151

소금장사와 난봉군 (26)218

소금장사와 쪽지게 (26)238

少年의 犧牲 (3)352

小說家의 趨勢 (3)204

疎信의 辯 (15)559

소의 침도 거름이라네 (29)669

소쩍새 (28)579

小品 10話 (15)456

所懷 一幅으로 普告同胞 (3)116

續滿洲草創期 (15)446

孫主簿宜卿 (2)140

孫主事石渠實書挽 (2)167

孫嶧嫒有詩題拙集 用其韻和之 (2)225

솜씨 잰 총각과 처녀 (29)656

送揭秀谷向寅歸撫州 (2)114

送金陵孫茂才輔情之濟南 作都講 (2)110

送屠翰林敬山寄 歸武進六首 (2)127

送修定歸絲漁港 (2)265

送沈醒淵歸江陵 (2)315

送陳大令劭吾歸如皐 (2)295

送洪舜兪鄭景施金國珣三君之南京 (2)164

送孝若之上海入新學 (2)166

쇄자새 (28)571

쇠경대 (29)220

쇠스랑소리 (17)60

수개구리의 울음주머니 (28)587

수명당 (26)320

隨想 (15)389

수심가 (1) (17)166

수심가 (2) (17)166

수심가 (3) (17)167

수심가 엮음 (17)168

修養은 濁界부터 (3)358

수염이 석자라도 먹어야 한다 (29)454

수인의 노래 (17)284

修定以猪酒來壽 賦以謝之 (2)274

숙종대왕 (29)473

숙종대왕과 홍서방 (28)111

숯쟁이총각께 목떼운 사또 (28)464

쉰첨지가 조 한섬 바치다 (29)366

스승을 다시 찾아가다 (28)71

슬픔모르는人間 (15)437

승천했던 막동이 (28)444

昇平二弟歌 (2)214

勝寒篇(下) (15)431

詩心과生 (15)419

시아버지 팔려던 이야기 (29)449

시아버지와 며느리 (26)286, (29)236

시어머니 죽으면 좋다더니 (17)179

시어머니와 며느리 (29)641

시집살이(1) (17)171

시집살이(2) (17)172

시집살이(3) (17)174

시집살이(4) (17)174

시집살이(5) (17)175

시집살이(6)   (17)178

식충이   (26)380

身·家·國 三觀念의 變遷   (3)254

新教育(情育)과 愛國   (3)150

신기한 복숭아   (29)171

新暖書感   (3)298

신녕변가   (17)222

신랑감을 튀겨 고르다   (28)432

神仙의 頭를 斬하여   (3)356

신세 고친 돌쇠   (29)625

신세갚은 까치   (26)410

신세소리   (17)193

신세타령   (17)186

신유복   (29)147

신조여음   (17)294

新興滿洲人文風土記-圖們篇   (15)40

新興滿洲人文風土記-吉林篇   (15)180

新興滿洲人文風土記-龍井篇   (15)196

新興滿洲人文風土記-奉天篇   (15)295

新興滿洲人文風土記-新京篇   (15)312

新興滿洲人文風土記-哈爾濱   (15)322

新興滿洲人文風土記-牧丹江篇
　　　(15)329

新興滿洲人文風土記-延吉篇   (15)333

失敗   (3)347

失敗者의 神聖   (3)143

尋家記   (15)510

深夜苦   (15)391

瀋陽放談   (15)524

瀋陽城을지나서   (14)241

심청가   (17)491

十月望生日　岳婿夫妻　同其內外族
　　　戚來壽七十　走筆志懷   (2)274

十月　岳婿自揚州小輪船局　送月餠
　　　爲余生辰　祝曰願翁精神如月之
　　　滿　作歌寄之　十月二十一日　往上
　　　海勞省齋李公始榮　公爲之置酒
　　　其老友朴白菴殷植　僚佐朴贊翊
　　　趙琬九申翼熙及從遊士黃中顯
　　　諸君子　皆與在座   (2)196

旣歸感賦却寄   (2)302

十月三日夜　自上海小東門　乘輪船
　　　入揚子江   (2)42

十五夜　晉奇招同張峽亭楊穀孫徐淡
　　　廬諸君子玩月   (2)185

십진가   (17)282

十八日　赴屠歸甫招　至常州　明日同
　　　歸甫觀蘇東坡古宅   (2)198

싸!   (15)115

쌀은 쌀나무에 열리니라   (28)554

쌍둥이노래   (17)475

쌍둥이형제   (29)268

쑥대머리   (17)423

ㅇ

아들이 공포 갚은 이야기   (29)448

아라한의 이야기 (29)693

我란 觀念을 擴張할지어다 (3)258

아랑이 (29)97

아리랑 (29)108

아리랑 랑랑 (17)530

아리랑 열두고개 (17)355

아리랑(1) (17)331

아리랑(2) (17)332

아리랑(3) (17)333

아리랑(4) (17)333

아리랑(5) (17)334

아리랑(6) (17)334

아리랑(7) (17)335

아리랑(8) (17)335

아리랑(9) (17)336

아리랑(10) (17)338

아리아리 댕댕 (17)357

아버지와 두 딸 (29)403

아버지의 복수 (25)228

아스랑가 (17)356

鴛鳥記 (15)493

아홉동이의 ≪물≫ (29)512

악독한 시에미 (26)288

안명근(安明根)의 사실을 쓰노라 (14)57

安重根傳 (14)58

안해와 첩 (29)605

안해의 버릇을 떼다 (26)279

알없는 안경도 보이는가! (28)543

압록강 이야기 (29)208

앞강물 (17)525

앞산타령 (17)289

愛國 二字를 仇視하는 敎育家여 (3)228

애기 사랑가 (17)191

愛雪記 (15)383

哀愁의 하르빈 (14)575

哀沈友卿 (2)233

애원성(1) (17)158

애원성(2) (17)159

애원성(3) (17)160

哀周晉琦 (2)292

愛憎記 (15)566

藥水 (14)338

약수 (28)421

약초 (29)163

양류가 (17)419

양산도(1) (17)157

양산도(2) (17)157

양자와 딸 삼형제 (29)432

梁柱東君의 新村評論 (14)348

揚州陸生景騫有詩才 以貧廢著于通
州 而猶不廢吟 間來見余 以月餠
八爲贄 遂就月餠 賦四言詩以贈
之 (2)121

양주목사 (29)113

楊花園夜宴 題妓素秋扇　(2)71

어두운 精神　(15)194

어랑타령　(17)358

어리석은 선비와 종 막동이　(29)256

어머니와 아들　(26)283, (28)595

어머니의 유언　(28)369

어미개가 아이를 살리다　(25)294

어미를 살려준 강아지　(29)649

어비　(29)144

어비 온다　(26)403

어사 된 숯쟁이 아들　(29)57

어사 박문수의 이야기　(28)527

어사를 욕질한 농사군　(29)631

어사영(1)　(17)137

어사영(2)　(17)138

어화 우리 농민들아　(17)38

어화등둥 내 사랑　(17)416

漁村點描　(14)325

噫噫篇寄李文先箕紹　(2)151

業苦　(15)259

언제 그런 리치에 다 통했소?　(28)542

에익 날도적놈 같으니라구!　(28)436

에익, 이 기장단을 고쳐 세여봐야지.
　(28)437

余居通州數年 而衰朽之故 不能通
　語 尤昧於俗忌 嘗與一老人筆談
　犯其忌 老人怒而絶之 及老人沒
　其子請挽 作此應之　(2)79

余四十歲前 白川黃衣山人安聖文
　爲余算命 其後二三十年之間 所
　算皆中 而其曰晚境甚亂者 尤切
　中於今日之所遇 而安已死久矣
　感而作此 兼以致悼　(2)63

余嘗以拙集一部 贈林君咏淸承炯矣
　林有書云詩二本爲人所攫 賦寄
　(2)168

여름밤 農村의 風景 點點　(14)309

여우　(25)188

여의주　(26)231

余往與屠歸甫呂博山諸人 訪唐荊川
　故居所謂半園者 今園主錢君 亦
　文士而適出未遇 諸人勸以一詩
　贈之故有作　(2)206

余長子光濂 旣已繼伯兄 而去年又
　失少子光續 故謀嗣于三從弟士
　元 士元果以其第二子煥杓許之
　余乃改其名曰光高 而字之曰景
　賚 蓋庶幾其光顯我高祖之所大
　賚也 因寄士元以謝厚意　(2)243

余之在常州 呂博山誠之爲余置酒
　招屠敬山童伯章莊通伯李滌雲
　以助歡 追賦其事以謝之　(2)202

豫言家가 본 戊辰　(3)175

엮음 수심가　(17)170

燕京遊記　(15)573

燕京의 여름　(14)215

연분홍 나팔꽃　(28)403

연파만리　(17)124

廉想涉氏論說　(14)342

엿을 안겨놓고 뭇매질　(28)534

엿장사타령(1)　(17)208

엿장사타령(2)　(17)208

엿장사타령(3)　(17)209

엿장사타령(4)　(17)211

永生　(15)417

英雄과 世界　(3)218

永遠한誤解　(15)471

영천아리랑　(17)348

榮興農村風土記　(15)271

오녀산　(29)204

오누이의 엇갈린 결혼　(25)250

오돌독　(17)410

吳老人韜輝毓沈　見訪于書局　言將
　　　游天臺山　作此贈之　(2)149

오불관이라　(29)372

鳴呼賦　(2)319

옥단춘　(25)199

옥중가　(17)489

옹헤야　(17)75

왈패처녀　(29)314

왕거지　(26)62

왕송이와 선녀　(29)292

王原初　(2)146

왜 왔던고　(17)163

外勤記者의하로　(15)163

외상으론 팔지 말지어다　(28)544

외생경　(17)182

외숙이 중매를 서다　(25)259

왼쪽이다, 왼쪽!　(29)679

遙壽本生從兄主事君回甲　(2)71

遙題開城紅葉樓　(2)180

遙題文壽峰章之新築廣居堂　(2)210

遙題費範九澹遠樓　(2)278

욕심 사납던 두 부자　(28)492

욕심쟁이의 끝장　(26)228

遇(愚)公移山論　(3)68

우대방과 김정승의 딸　(26)110

우돌이　(28)277

우렁각시　(25)123

우리가힘써배울세가지일　(15)29

우리 언니　(17)178

우리집窓門 ― 봄을맞는　(14)323

雨夜逍遙　(15)352

憂鬱과 슬픔과　(15)282

우의　(28)476

우의정의 셋째딸　(29)128

운봉전　(28)200

울산타령　(17)527

웃는 꽃과 말하는 물　(25)135

原稿첫朗讀　(14)308

원놀음　(29)430

원숭이와 게　(29)377

원앙가 (17)418

원한늪과 룡바위 (29)515

爲丹徒吳季農 寄塵兄弟 題其母林
太夫人所作秋窓課讀詩十章後
(2)250

爲劉弘遠 和其大人小心齋翁新築雙
岩亭詩 (2)284

爲範九題其大父德宣翁松下對月圖
(2)284

爲栩簾尹公 恭題御書碧樹居士亭額
後 (2)84

慰詞 (15)358

爲錢浩哉壽其大人九皐翁七十
(2)234

爲曹仲謹 題其弟子所新建鼎山書室
(2)260

爲湯蟄仙 賦明遺民朱舜水先生事
(2)174

儒敎界에 對한 一論 (3)216

儒敎擴張에 對한 論 (3)139

游狼山 (2)65

遊滿雜記 (14)435

유산가 (17)228

유식한놈 볼기를 맞다 (29)460

유아혼 (25)290

육신승천한 양봉래 (29)702

육자배기 (17)425

尹顯泰同安昌浩李鍾浩見訪 遂與遊

狼山寺一宿尹與弟顯振寓上海
(2)114

은잔 (17)487

은실금실 (17)535

은전 백낭 (28)494

은혜 (28)241

은혜갚은 령혼 (26)240

은혜갚은 호랑이 (26)400

吟詩 (3)69, 191

音樂을안다는것 (15)265

月夜步河岸 懷江易園 (2)49

음흉한 승냥이 (26)434

의좋은 형제 (28)98

이 (17)444

이깔나무와 소나무 (28)389

이내 팔자 (17)286

이녀 삼주 (29)716

이무기와 효녀 (26)314

이밥과 콩밥 (28)174

이상한 대통 (28)497

以韶濩堂集寄贈外孫李賢在 因有述
懷 (2)251

異域의 달밤 (14)312

二十世紀 新國民 (3)306

二十世紀 新東國之英雄 (3)132

二月二十二日 作回國之行 明日宿
天生港蠆船 傅進士壽慈餽玫瑰
酒四瓶 戲作長句謝之 (2)80

이재명, 김정익의 사실을 쓰노라
  (14)68

李儁傳　(14)5

이팔청춘가　(17)280

人間大地獄一 中國의 美人魔窟
  (14)595

인간백정과 화냥년　(26)262

人道主義 可哀　(3)343

인삼에 깃든 이야기　(26)344

인삼처녀　(29)351

人生은 目的을 確定함이 可함　(3)290

人生의 境遇　(3)293

인정 있는 개　(29)684

인쥐무리　(17)455

인호이야기　(26)52

일곱살짜리가 재물신을 청하다
  (25)283

一九二五年 五·卅　(14)243

일기초　(15)81

日本의 三大忠奴　(3)72

일본의 큰 충노 세 사람　(3)74

일송정기　(14)69

일야숙에 천냥　(26)248

임금과 방귀 끼는 며느리　(25)256

입총으로 범을 쏘다　(28)560

ㅈ

자라가　(17)437

자라산 유래　(29)520

自敍小傳　(14)337

子息의獨白　(15)439

자장가　(17)189

自暴의 辯　(15)396

昨夜退翁宅 同嗇翁會飯 嗇翁指食
  物三種約賦 朝起見其投七絶三
  首 何其疾也 慚而急和　(2)111

작형제　(29)478

작두효자　(29)405

작아도 남편　(29)556

작자의 말　(14)320

잘난이　(29)436

잠못자는 이한밤　(15)120

잠배타령　(17)460

잠안오는밤을爲하야　(15)564

잡놈 김달수　(26)115

雜贈常州同遊　(2)204

雜贈翰墨林書局諸少友　(2)284

張鼓峯戰績見學記　(15)83

장기 두는 소리　(17)236

장기봉　(28)561

장기쪽도 약에 쓴다　(29)443

장기타령　(17)236

장기타령　(17)534

장날의 유래　(28)442

將歸南通 留贈歸甫　(2)200

장단타령　(17)194

長白山줄기를 밟으며　(14)165

將赴庭試 渡臨津江作　(2)314

張峰石以自挽詩屬和者數年 今始有
　　應　(2)115

장사 잘하는 사위　(29)289

장산곶타령　(17)381

장생불로초　(25)146

장수 김덕룡　(29)413

장인에게 닭을 판 이야기　(29)572

장재비늪과 광주리바위　(28)284

장재아비 이야기　(29)462

장지연간력　(14)66

장타령　(17)535

장타령(1)　(17)444

장타령(2)　(17)447

장타령(3)　(17)448

장타령(4)　(17)450

장타령(5)　(17)451

張赫宙先生에게　(14)351

장화와 홍련　(25)129

잦은 난봉가(1)　(17)401

잦은 난봉가(2)　(17)403

잦은 념불　(17)303

잦은 방아타령　(17)90

재간둥이 세 총각　(26)174

재미난 골에 범 난다　(29)264

再賦蕉石山房會飯事　(2)177

잰내비 밑구멍은 왜 빨간가?　(26)447

저는 수탉이올시다.　(28)540

저는 주검이올시다.　(28)541

저승에 갔다온 이야기　(29)418

寂壁賦　(15)175

戰亂天津의春夜談　(14)405

전백록　(28)117

전백록뫼앞을 지날 때는　(29)558

전백록의 이야기　(28)539

전쟁가　(17)512

錢浩齋送舟 要同游鄭澤庭牛嶼園 余
　　以感疾未應 述懷寄二君　(2)291

절필사　(15)227

젊은 과부의 설음　(17)185

접의 비밀　(25)210

접적궁부채　(26)130

정구죽천　(29)575

정말 그런줄로 전갈입니다.　(28)541

정선아리랑(1)　(17)339

정선아리랑(2)　(17)340

정승의 딸을 얻은 총각　(26)96

精神上 國家　(3)260

情熱之章　(15)188

正月 室人欲爲小兒祈命 以義子請
　　于退翁姬楊 退翁聞而許之 具儀
　　如例 因命名曰光祖 望其光復祖
　　國也 作詩紀之　(2)106

正月 第四子生 名曰光續 志喜示室
　　人　(2)53

靜而動觀 (15)405

亭子二十樹의誘惑 (15)378

庭中卽事 (2)122

제가 아버지질 하지요 (28)540

帝國主義와 民族主義 (3)130

題淡廬所作荷花圖 (2)158

題李持平石川亭 用其舊韻 (2)275

제비가 (17)240

제 꾀에 제 속다 (28)556

題嗇翁詩卷 (2)59

除夕前一日 謝退翁歲饋 (2)259

제자를 장가들인 훈장 (26)90

題莊繁詩夫人所寫離騷經後三首
　　(2)192

제전 (17)309

題曹葦堂詩草 (2)235

제주도배노래 (17)118

題陳元基西園二十咏卷 (2)294

題焦東山民傳後 (2)237

題河叔亨龜岡精舍 (2)260

題孝若北京詩卷 (2)194

曹公亭歌 爲費範九作 (2)296

曹敎官舜八 (2)142

朝鮮女性들의 밟을길 (14)346

朝鮮人과 饒舌 (15)243

朝鮮革命宣言 (3)55

朝入彩霞洞 (2)315

悼張景雲 (2)277

悼張敬孺 (2)236

조째보 유째보 (26)126

종녀 (28)233

종로 네거리 (17)287

酬柳茂才 (2)193

주머니노래 (17)422

주먹맛 (28)108

周方伯子迪挽 (2)269

酬費範九師洪見贈 (2)232

酬沙健菴翰林元炳 (2)228

酬沈友卿 兼懷屠歸甫敬山號三首
　　(2)154

酬曹深齋仲謹兢燮 (2)190

周晉奇約偕游狼山 余以脚步不良
　　不能應 (2)127

酬陳生修定 (2)264

酬許卯園 (2)213

죽마고우 (29)549

죽을 고비를 세번 겪은 총각 (29)671

죽을번한 시골총각 (29)628

中國暗行記 (14)447

중난봉가 (17)398

중매군 참대 (26)153

중의 아들로 된 량반 (29)299

중의 아들인 원님 (26)187

중타령 (17)472

쥐 (17)443

쥐×도 모르는 년 (29)700

쥐가 고양이를 두려워하는 리유
　(25)352
쥐가 물어온 보물　(26)406
쥐가 은혜갚은 이야기　(26)417
쥐뿔도 모른다　(29)356
贈江　(2)301
贈李司馬　(2)68
贈馬小村　(2)290
贈朴南坡　(2)241
贈王孟毓　(2)281
贈張景雲　(2)269
贈錢浩哉　(2)240
贈丁介石　(2)244
贈鄭澤庭　(2)271
贈宋躍門龍淵茂才　(2)98
贈沈友卿同芳翰林　(2)149
贈吳生作龍　(2)162
贈吳翼亭　(2)126
贈王少屛諸眞長二君　(2)46
贈嚴幾道復三首　(2)77
贈張生孝若　(2)165
贈陳兵官延祥　(2)258
贈陳保之　(2)293
지게사당　(29)447
지게소리　(17)76, 141
지경닦기　(17)271
지금 호랑이가 드문 리유　(25)355
知己를 위하여 죽음　(3)346

地動說의 效力　(3)350
지렁이국　(29)397
志山海外旅行日誌　(14)120
至上海　(2)38
지성감천　(28)343
지신밟기　(17)268
至烟臺 復本裝作　(2)87
지정다지기　(17)269
지혜겨룸　(28)150
지혜로 원이 되다　(26)146
지혜로운 포수　(29)345
職業風土病　(15)393
진도녀성의 노래　(17)382
진도아리랑(1)　(17)345
진도아리랑(2)　(17)346
진주문전설　(29)718
進化와 退化　(3)304
짐승타령　(17)461
집일소리　(17)143
집주인을 패주다　(28)535
징검타령　(17)463
짚신장수와 개구리　(25)165
짜개바지　(29)66

ㅊ

차라리 怪物을 取하리라　(3)339
次韻薔翁見贈　(2)229
次八卦亭贖修韻　(2)272

착한 거지아이 (29)586

慚而急和 (2)111

참회 (28)349

窓 (15)95

창부타령(1) (17)362

창부타령(2) (17)364

滄江實記 (14)65

처녀와 두꺼비 (25)223

처녀와 세 문둥이 (25)264

처사의 딸 (28)303

處置室 (15)135

천냥 금으로 늙으이를 사다 (28)416

천냥금으로 늙은이를 사다 (26)356

천냥내기 (26)179

천년두골에 쌍룡수 (26)342

天 壇 (14)230

天津아라베스크 (14)605

淺春追憶 (15)476

천치사위 (26)389

천하 (28)563

천하잡놈 방학진 (29)420

天喜堂詩話 (3)182, (14)182

첫날밤에 있은 일 (29)593

靑年學友會 趣旨書 (3)131

淸道 芮大坍 求詩文 作此二首塞之
    (2)219

청량샘 (28)574

청주아리랑 (17)348

청춘가(1) (17)164

청춘가(2) (17)165

청춘과부와 문대감 (29)305

焦山 (2)76

蕉石山房 待主人歸 (2)190

蕉石山房 同晉奇夜飯 楊君穀孫亦
    在座 歸後有寄 (2)176

焦石山房周晉奇所居夜飮 (2)89

초동의 재판 (28)262

초립동 서방 (17)526

초립동이 량반의 묘를 옮기다
    (29)424

初秋의 自然 (15)509

初春雜感 (15)64

초한가 (17)508

囑退翁書聯 久而未得 以詩促之
    (2)67

총각과 세 아씨 (25)79

총각의 세차례 재난 (25)213

총각이 스스로 색시감을 찾다 (25)54

총각타령 (17)378

총명한 난쟁이총각 (26)184

총명한 돌이 (29)84

총명한 동자 (26)171

총명한 딸 (28)471

총명한 백정의 아들 (26)195

총명한 안해 (28)501

최계순의 비사 (26)292

최과부의 며느리와 박과부의 며느리
　　(25)192

崔郡守用九基鼎　(2)144

최총각보고졸새　(28)577

追感本國十月之事　(2)47

追悼徐順之　(2)131

追謝雩南李公求拙著　(2)308

秋三脚　(15)355

秋夕墓祭參觀記　(15)159

추석놀이　(17)319

春雪　(15)205

春心　(15)479

春日隨想　(15)386

축혼가　(17)320

충청도아리랑　(17)347

측은이　(28)639

친구대접　(17)465

친구에게 절교하는 편지　(3)81

칠선녀와 마디풀　(28)564

칠성별　(29)467

칠세 소동　(29)276

칠의각기　(14)70

칠형제와 여우동생　(26)56

ㅋ

커다란問題하나　(14)49

코가 긴 형님　(25)119

코스모스　(17)438

콩쥐와 팥쥐　(25)109

쾌지나 칭칭나네(1)　(17)217

쾌지나 칭칭나네(2)　(17)218

큰 나와 작은 나　(3)109

큰애기(1)　(17)200

큰애기(2)　(17)201

ㅌ

陀佛山·C君에게　(14)334

타령(1)　(17)372

타령(2)　(17)373

타령(3)　(17)374

타복녀야　(17)191

打破 家族的 觀念　(3)264

태왕비 이야기　(29)199

태평가　(17)393

턱턱이　(28)630

토끼꼬리는 왜 짧은가?　(26)449

토끼와 자라　(25)335

토끼타령　(17)497

토끼화상　(17)495

土城　(3)365

톱소리　(17)136

痛言　(14)75

通化이구석저구석　(15)103

退翁餽食物八種 兼贈女兒女學士章
　　服新制一襲 作此謝之　(2)46

退翁六十壽詩　(2)124

退翁邵夫人挽　(2)171

退翁送扇與金泥　要寫近作詩　余旣
　　拙於書　又苦扇之難書　作此乞李
　　曉芙代寫以歸之　(2)118

투금진　(28)179

투전풀이　(17)247

퉁소　(28)100, 240, 247

ㅍ

파계승과 처녀　(25)274

팔경가　(17)529

팔모여의주　(28)456

팔모진주　(29)538

팔선녀　(26)27

팔월 보름달　(17)286

八月五日　家兒字盧氏女　述懷寄退
　　翁　(2)181

八月　二十九日　演草　(3)359

八月二十日　士元率光高至南通　志
　　慶示光高　(2)246

八月一日　薔翁以余七十　置酒城西
　　觀萬流亭　招而壽之　崑山方惟一
　　張景雲　如皋管石臣　本縣曹勛閣
　　皆在座　而翁之子孝若亦與焉　翁
　　出二律屬和一座　旣歸用其韻和
　　而謝之　(2)267

八月　黃根石於所住城南典鋪　見園
　　梅開花　作詩索和　(2)184

팔자땜　(29)141

片感片想__　(15)107

遍告　僧侶同胞　(3)279

편지　(15)48

평안아리랑　(17)353

평양감사께 편지하다　(28)536

포수와 그의 세 아들　(26)304

포수와 까치　(25)174

포수와 장재비　(28)614

포수와 호랑이　(25)168

포수총각 색시감을 고르다　(28)485

漂母의 마음　(14)315

표범과 개똥벌레　(26)437

풀무타령(1)　(17)132

풀무타령(2)　(17)133

풍구질 소리　(17)134

풍구타령(1)　(17)126

풍구타령(2)　(17)127

풍구타령(3)　(17)129

풍구타령(4)　(17)130

풍구타령(5)　(17)131

풍년가　(17)215

풍수의 산자리　(29)565

風日偶成　(3)95

피의 因果　(3)349

ㅎ

하두 속상해　(17)409

하루살이 량반　(26)274

河面記　(15)539

하이얀눈　(15)374

夏日雜感　(15)423

賀退翁病愈　(2)58

學生界의 特色　(3)137

학자 최춘물의 이야기　(28)542

한강수타령(1)　(17)226

한강수타령(2)　(17)227

韓國과 滿洲　(3)325

韓國民族 地理上 發展　(3)295

韓國의 第一豪傑大王　(3)286

한글풀이　(17)248

閑談客說　(15)30

韓司諫聖祚永錫　(2)146

한숨 풀풀　(17)285

韓・日 合倂論者에게 告함　(3)300

寒夜記(上)　(15)190

한 오백년　(17)426

韓主事自燕京寄書相問 感舊有贈
　(2)263

韓竹松兄의 訃音을 듯고　(15)284

할머니　(15)93

할머니가 동지날에 호랑이를 때려잡
　다　(25)162

할미꽃　(28)64

함경도 애원성　(17)161

함경도 창곡(1)　(17)161

함경도 창곡(2)　(17)163

哈市東滿間島瞥見記　(14)424

哈爾濱斷想　(15) 527

哈爾濱市暗黑街探訪記　(15)153

哈爾濱夜話　(14)582

哈爾濱의 露人에미그란트　(14)591

哈爾濱의 밤　(14)588

哈爾濱의 外國情緖　(15)149

항아리에 몰린 지주　(29)76

항아리와 량반　(26)163

해갈삼　(28)468

해당화　(17)420

해당화로 된 소녀　(29)612

海蘭江의追憶　(14)375

해몽선생과 부자　(29)503

解産前　(15)429

海上懷嗇翁　(2)88

해주 산념불　(17)302

幸福　(15)544

행상소리　(17)273

許多古人之罪惡審判　(3)225

헤이야 노야 노야　(17)395

형제사이　(28)198

호환　(28)312

호랑이가 곤쥐를 무서워하는 리유
　(25)346

호랑이가 은혜 갚다　(29)348

호랑이불알 뗀 이야기　(29)712

호랑이와 총각　(26)413

호미소리(1)　(17)70

호미소리(2)　(17)70

호미소리(3)　(17)72

호미이야기　(28)555

호미타령(1)　(17)67

호미타령(2)　(17)68

호미타령(3)　(17)69

昏冥　(15)436

홍감사 금강산구경　(26)105

홍송과 인삼　(28)361

홍통사와 김통사　(29)319

화로불에 모인 형제　(29)455

和柳生　(2)213

和李耕齋保卿　(2)242

화목한 가정　(28)197, (29)247

和薔翁林溪精舍詩　(2)223

和薔翁石壁仙人歌二首　(2)220

和沈耻堂相福　(2)209

和葉石香　(2)135

화장품장사　(17)212

화토놀이　(17)245

화편　(17)243

和郝衡之　(2)157

和顧昻千五十生朝咏懷　(2)247

和黃瑗季方梅泉弟贈詩　(2)109

還國初 李素雲源昇爲余囑安心田寫
　　歸來圖 仍勸余賦其事 而請權石

雲東壽書之圖尾　(2)83

활량과 대감의 아들　(26)84

황금몽　(28)92

황새타령　(17)418

황소 멍멍이와 수탉　(28)674

황소는 알속에서 까나오이다.
　　(28)548

황소와 소똥구리　(26)436

황정승이 아들을 장가보내다
　　(26)100

황주월파루 보수기　(14)72

황진사와 그의 딸　(28)133

황천가　(17)321

황천굿　(29)323

황통쟁이 부자놈　(26)161

黃浦江畔에 서서　(14)401

回甲生朝　(2)125

懷南霞山判書　(2)133

懷李晦觀承旨　(2)132

灰色煙氣　(15)529

회심곡　(17)304

효녀　(28)181

효부의 절　(29)394

효자　(28)158

효자 룡덕이　(29)596

효자 리경화　(29)560

효자, 효부, 렬녀　(26)347

효자노릇　(29)502

전체 목차

1권 류린석·신규식 외

총론 : 중국 조선민족문학 발전개관 – 권 철·김동훈 … 44

한시집(1)에 대하여 … 82

류린석 편

愚溪宅拈杜詩 ≪秋盡≫韻 우계댁에서 두보의 ≪추진≫시운을 따서 ………… 88

共詠杜詩韻 두시운으로 함께 ………………………………………… 88

立石 립석 …………………………………………………………… 89

次怡雲丈拈杜律韻 이운장이 따온 두보의 률시운을 밟아 …………… 89

次怡雲丈 ≪岳陽樓≫韻 이운장의 ≪악양루≫운을 밟아 …………… 90

怡雲, 昭山(李明瑞)來會, 共拈唐律韻 이운, 소산(리명서)과 함께 당률시의 운을
따서 ……………………………………………………………… 91

再從弟聖協來見, 共拈杜詩韻 찾아온 륙촌동생 성협과 함께 두보시의 운을 따서
……………………………………………………………………… 91

怡雲丈拈唐韻共詠春雨 이운장이 당시운을 골라 함께 봄비를 읊노라 ………… 92

伏和省齋先生 ≪詠玉溪九曲≫ 성재선생의 ≪옥계구곡≫에 삼가 화답하노라
……………………………………………………………………… 93

朝宗川歌 조종천의 노래 …………………………………………… 96

敬題大明高皇帝"忠孝節義"四大字 대명고황제가 쓴 ≪충효절의≫네글자를 삼가 읊
노라 ……………………………………………………………… 98

洪武壁歌(乙未) 홍무벽의 노래(을미) ……………………………… 100

奉和恒窩(柳重岳)寄示韻 항와(류중악)가 보내온 운에 삼가 화답하노라 …… **102**

曆留蓬坪 봉평에 다시 머물러 …………………………………………………… **102**

遵海謾吟 바다가를 따라가며 읊노라 ………………………………………… **103**

客遼見倡戲 료동에서 창희를 보고 …………………………………………… **103**

奉和梧湖李友(鳳夏)寄示韻 친구 오호 리봉하가 보내온 시의 운에 따라 삼가 화답하
노라 ……………………………………………………………………………… **103**

贈洪汝質(德初), 鄭建中(華銘) 홍여질(덕초), 정건중(화용)에게 드리노라 …… **104**

贈南胤五(永洙) 남윤오(영수)에게 드리노라 ……………………………… **104**

追輓鄭校理(寅協), 略述同庚, 同鄰, 同習禮, 同學義之懷, 以和去年遠贈詩
章 정교리(인협)를 추모하면서 그와 동갑이였고 이웃이였으며 습례와 의거를 같이하였
던 회포를 간술하여 작년에 그가 멀리서 보내준 시편에 화답하노라 ………… **105**

贈元景明(世炳)歸故國 귀국하는 원경명(세병)에게 드니노라 ………………… **107**

贈柳群躍(基淵) 류군약(기연)에게 드리노라 ………………………………… **107**

夜起書懷 밤에 일어나 회포를 적노라 ……………………………………… **108**

中秋節日, 和習齋(李宜愼, 初名昭應, 又改直愼)韻 중추절에 습재(리의신, 초명
은 소응 또 직신으로 고침)의 시운에 화답하노라 ………………………… **109**

同日呼韻自詠, 請節谷(邊錫玄), 習齋俯和 같은 날에 운을 내여 시를 읊고 절곡(변
석현)습재께 화답을 청하노라. ……………………………………………… **110**

次習齋 ≪落木≫韻 습재의 ≪락목≫운을 밟아서 ……………………………… **110**

金仁伯亨麟自撾勸第姪讀書, 節谷, 習齋諸友作詩以美之, 爲題軸後 인백 김
형린이 자신을 매질하면서 동생, 조카들에게 독서를 권고 하매 절곡, 습재 등 친구들이
시를 지어 찬미하니 책뒤에 써놓아라 …………………………………… **111**

奉和邊節谷 변절곡에게 화답하노라 ………………………………………… **111**

夜坐讀 ≪易≫ 밤에 앉아 ≪역경≫을 읽으며 ……………………………… **112**

奉和錦溪(李根元)見示韻 금계(리근원)씨가 보여준 시운에 화답하노라 ……… **112**

奉和趙樗庵(廷夏)寄示韻 조저암(정하)이 보내온 시운에 화답하노라 ………… **113**

和習齋 ≪混江卽事≫ 습재의 ≪혼강즉사≫에 화답하노라 ………………… **113**

八王所寓比鄰有陳君瀛昭, 字仙舫, 陳胡公後也. 自山東登州府來住, 有志
操, 能文辭, 暇日相訪 팔왕동 거처 이웃에 진영소군이 살고있는데 그의 자는 선방으

로서 진호공의 후손이다. 산동 등주부에서 와 사는데 지조가 있고 문장에 능란한지라
한가한 날에 서로 오가군 했노라. ⋯⋯⋯⋯⋯⋯⋯⋯⋯⋯⋯⋯⋯⋯⋯⋯⋯⋯⋯⋯ **114**

奉和今溪大兄見投(二章) 금계형님의 시에 삼가 화답하노라(2수) ⋯⋯⋯⋯⋯ **115**

華東, 圭堂, 竹溪, 恒窩, 景淵, 敬軒(崔永勳), 敏窩(宋敏榮), 強窩(李子善)
諸公, 各步麟錫向所爲 ≪元雅義窩別章≫ 韻送來. 寄意鄭重, 萬里之外,
不勝感歎. 詩思拙澁, 未能各致謝意, 只用三則, 以供諸公一粲云 화동, 규
당, 주계, 항와, 경연, 경헌(최영훈), 민와(송민영), 강와(리자선) 제공이 린석이 일찍
지은 ≪원아의와 별장≫의 운을 밟아 지은 시를 각기 보내오매 그 뜻이 정중하여 말리
밖에서 감탄을 금치 못했다. 시상이 졸렬하여 따로따로 사의를 드리지 못하고 겨우
시 3수를 제공들게 웃음거리로 드리노라 ⋯⋯⋯⋯⋯⋯⋯⋯⋯⋯⋯⋯⋯⋯⋯ **115**

書懷 회포를 적노라 ⋯⋯⋯⋯⋯⋯⋯⋯⋯⋯⋯⋯⋯⋯⋯⋯⋯⋯⋯⋯⋯⋯⋯ **116**

雙溪洞講會有約, 臨發口呼 쌍계동 강회에 참석할 약속이 있어 떠나기전에 읊노라
⋯⋯⋯⋯⋯⋯⋯⋯⋯⋯⋯⋯⋯⋯⋯⋯⋯⋯⋯⋯⋯⋯⋯⋯⋯⋯⋯⋯⋯⋯ **117**

八王洞秋夕聯句(乙亥) 팔왕동의 추석 련구 ⋯⋯⋯⋯⋯⋯⋯⋯⋯⋯⋯⋯⋯ **118**

李長津(文欽)壽筵韻 리장진(문흠)의 수연에서 ⋯⋯⋯⋯⋯⋯⋯⋯⋯⋯⋯⋯ **118**

戊戌除夕, 次實谷(李弼熙)示韻 무술년 그믐에 실곡(리필희)이 내놓은 운을 밟아
⋯⋯⋯⋯⋯⋯⋯⋯⋯⋯⋯⋯⋯⋯⋯⋯⋯⋯⋯⋯⋯⋯⋯⋯⋯⋯⋯⋯⋯⋯ **119**

己亥元朝, 用前韻 기해초하루날 아침에 앞의 시운으로 ⋯⋯⋯⋯⋯⋯⋯⋯ **119**

與習齋次韻 습재의 시운을 밟아서 ⋯⋯⋯⋯⋯⋯⋯⋯⋯⋯⋯⋯⋯⋯⋯⋯ **120**

謁淸聖廟 청성묘를 배알하고서 ⋯⋯⋯⋯⋯⋯⋯⋯⋯⋯⋯⋯⋯⋯⋯⋯⋯ **120**

登安州百祥樓 안주의 백상루에 올라서 ⋯⋯⋯⋯⋯⋯⋯⋯⋯⋯⋯⋯⋯⋯ **121**

箕陵會作(時以"天乃錫禹洪範九疇彝倫攸敍"十二字分韻) 기릉에 모여서 쓰노
라(그때 ≪천내석우, 홍범구주, 이륜유서≫ 등 열두자를 분운하였다.) ⋯⋯⋯⋯ **122**

拱華洞(就白雲潭, 新定地名, 取向華嶽, 因以寓意) 공화동(백운담에 가서 새로
지은 지명인데 화악으로 향했다는 뜻을 취하여 이렇게 이름하였다.) ⋯⋯ **122**

次處士金菊庵三絶句韻 처사 김국암이 쓴 절구 3수의 운을 밟아서 ⋯⋯⋯ **123**

贐李復庵明善(熺) 리암복 명선(희)과 리별하면서 드리노라 ⋯⋯⋯⋯⋯⋯⋯ **125**

病淹殷栗, 準擬浮海入魯國 오래동안 은률에서 병석에 누웠다가 바다를 건너 로나라
에 가려고 생각하며 ⋯⋯⋯⋯⋯⋯⋯⋯⋯⋯⋯⋯⋯⋯⋯⋯⋯⋯⋯⋯⋯⋯ **125**

止居國行口號 고국을 떠나려다 말고 읊노라 ⋯⋯⋯⋯⋯⋯⋯⋯⋯⋯⋯⋯ **126**

殷栗興道書社以丙午閏四月十五日, 奉安孔子遺像, 以朱子配之, 口號小絶 병오년 윤4월15일, 은률의 흥도서사에 공자의 유상을 봉안하고 주자의 유상도 함께 모셔 걸었다. 이에 짧은 절구를 읊노라 ································ **126**

尼山九曲 니산9곡 ···················· **127**

北海舟中作 북해의 배우에서 읊노라 ··················· **131**

戊申秋夕在海港, 拈杜詩 ≪小寒食≫韻, 同李剛齋(承熙)及諸少友共吟 무신 추석날 해항에서 두보시 ≪소한식≫의 운으로 리강재(승희) 및 여러 젊은 벗들과 함께 읊노라 ························· **131**

中別里冬朝 중별리의 겨울 아침 ·················· **132**

次金鼎甫(國鉉, 一名起漢) ≪和人≫韻(己酉) 김정보(국현 또 기한이라고도 부름) 가 ≪남에게 회답하노라≫란 시의 운을 밟아서(기유) ·············· **133**

得"之"字 ≪지≫자를 얻어서 ···················· **133**

得"辰"字 ≪진≫자를 얻어서 ···················· **134**

詠倭睦仁, 伊藤博文 왜놈 무쯔히도와 이또 히로부미를 두고 읊노라 ·········· **135**

詠五七賊 오칠적을 읊노라 ····················· **135**

講 ≪春秋≫有感 ≪춘추≫를 강의하고 감회를 쓰노라 ············· **136**

李致三與鼎甫有詩往復, 爲步其韻, 以自誓志 리치삼과 정보가 시를 회답하였거 니 그 시운을 밟아서 스스로 지조를 맹세하노라 ············· **136**

築望國望墓壇, 櫃奉孔, 朱, 宋三夫子, 華, 重, 省三先生紙牌(四首) 망국묘단 을 쌓고 나무궤에다 공자, 주희, 송시렬 등 삼부자와 화서, 중암, 성재 세 스승의 지패를 모시였노라.(4수) ·············· **137**

每朝望國壇行拜畢, 同伴友序齒坐, 讀約束文 매일 아침 망국단에서 제사를 마친 다음 벗들과 함께 나이에 따라 좌석을 정하고 앉아서 맹세문을 읽노라 ··········· **138**

得"存"字 ≪존(存)≫자를 얻어서 ················· **139**

可恃 믿을데가 있노라 ····················· **140**

敬讀 ≪古鏡重磨方≫ ≪고경중마방≫을 삼가 읽고서 ············· **140**

更步前韻, 示諸少友 다시 앞의 시의 운을 밟아서 여러 젊은 벗들에게 보이노라 ································ **141**

讀退溪先生 ≪磨鏡詩≫, 有感而作 퇴계선생의 ≪마경시≫를 읽고 느끼는바가 있어 서 쓰노라 ························· **141**

己酉冬至祝辭 기유년 동지날의 축사 ··· **143**

次復汝韻瞻望聖廟 성묘를 우러러보며 복여의 시운을 밟아서 ·············· **144**

有歎有願(五首) 한탄도 있고 소원도 있노라(5수) ······························· **144**

新曆至自故國, 乃遵洋法 새 력서가 고국으로부터 왔는데 서양의 력법을
　따른것이기에 ··· **145**

庚戌元朝作 경술원단 새벽에 ·· **147**

洋曆 양력 ··· **147**

洋教 서양교 ·· **148**

洋人技巧 양인들이 기교 ··· **149**

洋人言"天靜地動" 양인은 하늘이 움직이지 않고 땅이 움직인다고 말하네 ··· **149**

洋禍 양인에 대한 재화 ··· **150**

新學校 신식학교 ··· **150**

開化言論 개화언론 ·· **151**

寤寐(三首) 자나 깨나(3수) ··· **152**

有恃無恐 의지할것 있으니 겁날것 없네 ··· **153**

題回陽洞寓舍 회양동 우사에서 쓰노라 ··· **153**

步庭 정원을 거닐며 ·· **154**

開國行倭曆, 以臘吉爲元朝, 爲發痛哭 개국하고 왜력을 사용하여 섣달 초하루를
　정월 초하루로 하였다. 이에 통곡을 하노라 ································· **154**

窮乏到極, 聊以自解 극도로 궁핍하니 스스로 마음을 달래며 ················ **155**

復汝應口而和, 更答其意 김복여가 즉석에서 화답하기에 다시 그 뜻에 탐복하여
··· **155**

念 ≪皇極經世書≫, 歎息而作 ≪황극경세서≫를 생각하여 탄식하네 ········· **156**

邪說暴行 사설과 폭행 ··· **156**

警曉韓人籍淸俄 청나라와 로씨야에 있는 한국인들에게 알리노라 ············ **158**

有望志士 지사들에게 바라네 ··· **158**

聽少友書聲 젊은 벗들의 글읽는 소리를 듣고 ···································· **159**

對酒口呼 술을 마시며 읊조리네 ·· **159**

是夕勉諸同志諸友(四首) 그믐날 저녁 여러 벗과 지기들을 권면하여(4수) ······· **160**

辛亥元朝(二首) 신해원단(2수) ································ **161**

題祝辭 새해의 축사 ·· **162**

辛亥立春 신해 립춘 ··· **163**

痛寃哭泣 원통의 눈물 ··· **163**

得"坤"字 ≪곤≫자를 얻어 ··· **165**

≪華東史≫板秩爲日賊作姦 ≪화동사≫책판이 왜적의 작간을 당하여 ········ **166**

夜坐得"靑"字 야밤에 앉아 ≪청≫자를 얻어 ················· **168**

眠未成 잠을 이루지 못해 ·· **169**

失睡達朝 실면해 새벽까지 ·· **169**

誦 ≪唐音≫ ≪당음≫을 읽고 ··· **170**

對紅日 아침해 마주하여 ·· **170**

讀 ≪易≫ ≪주역≫을 읽고 ··· **171**

徹夜聞泉聲 밤새도록 샘물소리 들으며 ························· **172**

得"賢"字 ≪현≫자를 얻어 ··· **172**

靜夜 고요한 밤 ·· **173**

詠 ≪益卦·大象≫ ≪익괘·대상≫을 읊노라 ··················· **174**

聞鷄鳴 닭울음소리를 듣고서 ·· **174**

諸少友制着法服 젊은 벗들이 법복을 만들어 입었기에 ········ **174**

晨起 새벽에 일어나 ··· **175**

奉贈金菊圃 김국포씨에게 드리노라 ······························ **176**

贈安鶴山 안학산에게 ··· **177**

有國三節 우리 나라의 3대절의 ····································· **178**

崇明三義 명나라를 존숭한 3절의 ································· **178**

本朝風化 본왕조의 풍화 ··· **179**

華東吟 화동음 ··· **179**

晨起得"年"字 아침에 일어나 ≪년(年)≫자를 얻어 ·········· **186**

聞中華國新起退淸而行西洋所謂共和政制 중화민국이 새로 흥기하여 청조를 물리치고 서양 공화제를 실행한다는 소문을 듣고 ································ **187**

送金起漢帶三書入中國 책3권을 가지고 중국으로 가는 김기한을 바래며 …… **188**

優積堆三疊 서린 수심(3수) ……………………………………………… **188**

吊睦仁死 무쯔히도의 죽음을 조상하여 …………………………………… **189**

聞木川鄭參判元夏, 合邦日仰藥垂死, 其子用解藥而甦, 因出疆至遼東守義
목천의 정참판 원하씨가 합방하는 날 독약을 먹고 사경에 처했는데 그 아들이 해독약을
대접하여 소생하게 하였다. 그후 그가 고국을 떠나 료동으로 가서 의리를 지키고있다는
소문을 듣고 ………………………………………………………………… **189**

悼倭奴合邦時死節諸公 왜놈들이 합방할 때 절개를 지키며 죽어간 제공들을 추모하
여 ………………………………………………………………………………… **190**

華夷人獸之分 중화와 이적, 인간과 짐승의 차이 ……………………… **191**

聞金起漢同白賢復(三圭), 張德中(基正)八月入中國 김기한이 백현복(삼규),
장덕중(기정)과 함께 8월에 중국으로 들어간다는 소문을 듣고 ……………… **191**

雪晴 눈이 개여 ……………………………………………………………… **192**

又和復汝詩意, 示諸少輩 또 복여씨의 시의에 화답하여 여러 젊은이들에게 보이노라
…………………………………………………………………………………… **193**

俄地事形漸變, 決意向中國 로씨야땅에서 형세가 점차 변하기에 중국으로 향할 결심
을 내리고 ……………………………………………………………………… **193**

送金衡銓往探中國消息 탐문차로 중국으로 떠나가는 김형전을 보내며 ……… **194**

責望中華 중화를 책망하여 ………………………………………………… **194**

希望 희망 ……………………………………………………………………… **194**

誦唐人 ≪鸛雀樓≫有感 당나라 사람의 ≪관작루에 올라≫를 읊고 감회를 적노라
…………………………………………………………………………………… **195**

對月起思 달을 마주하여 …………………………………………………… **195**

壬子冬至日作 임자년 동지날에 쓰노라 ………………………………… **196**

是日題祝辭 이날에 쓴 축사 ……………………………………………… **196**

諸少友次杜詩 ≪野望≫韻有詠 젊은 벗들이 두보의 ≪들을 바라보며≫의 시운을
밟아 시를 읊기에 따라서 읊노라 ………………………………………… **197**

冬至后三日夕, 諸少友開酒, 拈杜詩 ≪拔悶≫韻, 有詠 동지 사흘후 저녁에 젊은
벗들이 술을 마시며 두보의 ≪번민을 풀어≫시운을 밟기에 시를 읊노라 ……… **198**

焚香聖位, 退而有詠 성인 위패에 분향하고 물러나 읊노라 ·················· **198**

敬金興奎讀 ≪小學≫ 김흥규씨가 ≪소학≫을 읽음에 존경을 표하며 ········· **199**

次明道先生詩韻 명도선생의 시운을 밟아 ······································ **199**

得"行"字 ≪행(行)≫자를 얻어서 ·· **200**

苦心 고심 ··· **201**

中華歌 중화의 노래 ··· **201**

中華稱民國 중화를 민국이라 하기에 ·· **205**

語中東人 중국과 조선의 사람들에게 ·· **205**

語中東靑年士 중국과 조선의 청년선비들에게 ······························ **206**

中州消息 중화의 소식 ·· **207**

自歎 자탄 ··· **207**

寄語中華民國 중화민국에 말을 보내노라 ··································· **208**

得"維"字 ≪유(維)≫자를 얻어 ··· **209**

登山 등산 ··· **209**

得"流"字 ≪류(流)≫자를 얻어 ··· **210**

得"胸"字 ≪흉(胸)≫자를 얻어 ··· **210**

火車至寶萊浦, 吾與金興奎, 金復汝爲向李安郊所而下車, 朴子敬同康汝
剛, 春兒直車向遼, 急別口呼 기차가 보래포에 이르자 나하고 김흥규, 김복여는
리안교의 처소로 가려고 차에서 내리고 박자경은 강여강, 춘아와 함께 그 차로 직접
료동으로 가기에 급급히 갈라지며 읊조리노라 ······························· **211**

示華人姚翼卿 중국사람 요익경에게 보이노라 ······························ **211**

聞中國萬淸軒子弟門人復髻髮之制 중국 만청헌의 자제와 문인들이 상투 트는 제도
를 회복했다는 말을 듣고서 ··· **212**

再送金起漢中國 김기한을 재차 중국에 보내며 ···························· **213**

偶見遠東報紙, 言中國人心風俗壞敗之原因, 雲學說變遷, 百惡俱作, 至說
焚經廢孔, 人莫言其非 원동의 신문에 중국의 인심과 풍속이 무너지게 되는 원인에
대하여 학설이 변하면 백악이 모두 일어난다고 말하고있지만 경서를 불사르고 공자를
폐위하는것에 대해서는 아무도 그르다고 말하지 않는다 하는 기사를 우연히 보고서
·· **214**

送人難 송별의 어려움 ······ 215

木花村九日, 小會讀約 초아흐레날 목화촌의 작은 모임에서 약속문을 읽노라

······ 216

余冬汗舊崇早發而極甚, 實難支吾. 加之金鬥運百般勞力之餘, 卒得危病, 辛而因棹, 聯床而臥, 終日發言作想, 猶在興華復國 겨울에 땀나는 나의 고질 이 일찍 발작하여 견딜수 없었는데 김두운이 백방으로 수고한 끝에 위태한 병세에 다행히 차도가 있게 되었다. 그의 침상을 가지런히 하고 누워서도 온종일 중화를 부흥시 키고 나라를 회복할 생각을 주고받노라 ······ 217

癸丑冬至 계축년 동지 ······ 217

題中華民國曆 중화민국력법에 쓰노라 ······ 218

大寒 대한 ······ 219

題中華民國文字 중화민국이란 문자에 쓰노라 ······ 219

歎中華民國 중화민국탄 ······ 220

憫新學 불쌍할사 신학이여 ······ 221

新學校 신학교 ······ 222

女學校 녀학교 ······ 223

示人 남에게 보이노라 ······ 224

甲寅立春曉詠 갑인년 립춘날 새벽에 읊노라 ······ 224

示華人楊鎬京 중국사람 양호경에게 ······ 225

孔子教 공자교 ······ 226

看蟻蜂有詠 개미와 벌을 보고 읊노라 ······ 226

示華人李紹棠 중국사람 리소당에게 보이노라 ······ 227

中華國黨會 중화국 당회 ······ 227

示華人範某 중국사람 범모에게 보이노라 ······ 227

崔生鉉戴來傳英人語 최생 현대가 와서 영국사람의 말을 전하기에 ······ 228

示華人姚文燦 중국사람 요문찬에게 보이노라 ······ 229

示華人王時遠 중국인 왕시원에게 ······ 229

贈答金孝先(奎錫)書贄意 김효선(규석)이 보내온 편지의 뜻에 답하노라 ······ 230

擬向中國 중국에 갈 생각을 하면서 ······ 230

乘車謝社中賑勞 나의 길 차비에 수고한 사람들에게 차에 올라 감사를 표시하노라
··· **231**

過吉林伊通州 길림 이통주를 지나면서 ······································· **232**

送金斗運入中國 김두운을 중국에 보내며 ······························· **233**

聞中國祀孔子, 祭班有服深衣 중국에서 공자를 제사할 때 제사반렬에 심의를 입은
사람이 있다는 소문을 듣고서 ······························· **233**

太原商人言其府人士作髻者至屢千 태원상인의 말이 태원부의 인사들가운데 상투
를 튼 자가 수천명이나 된다기에 ································ **233**

示華人孫鴻世 중국인 손홍세에게 ······································· **234**

示華人關松泉 중국인 관송천에게 ······································· **234**

示華人程立沂 중국인 정립기에게 ······································· **235**

示華人劉隱良 중국인 류은량에게 ······································· **236**

示華人孫承讓 중국인 손승양에게 ······································· **236**

示華人張世炳 중국인 장세병에게 ······································· **237**

示華人劉汝則 중국인 류여측에게 ······································· **237**

聞某老行中國, 頭著章甫名色冠, 身著深衣名色服, 而令子姪毀形入新學校
한 늙은이가 중국에 가서 장보관을 머리에 쓰고 명색은 관이라 하고 심의를 입고 명색은
복이라 하면서 아들 조카들의 모양을 볼꼴없게 단장하여 신학교에 보낸다는 소문을
듣고서 ··· **238**

中華民國摘禮運, 大同小康雲雲, 以爲孔子亦爲共和說。此其語訓有不同,
共和意亦曾有說, 漢儒傅會者 중화민국에서는 ≪례운≫에서 ≪대동≫, ≪소강≫
이란 말들을 절록해가지고 공자도 공화를 주장하였다고 인정하고있는데 여기에 대한
해석은 같지 않다. 공화라는 뜻도 일찍이 있었는데 이는 한나라 유학자들이 억지로
맞추어놓은 것이다. ··· **238**

聞中國崇王陽朋, 低朱子, 新刊 ≪大學≫, 脫去 ≪傳≫五章 중국에서 왕양명을
숭상하고 주자를 헐뜯으며 새로 간행한 ≪대학≫에서 ≪전≫5장을 삭제했다는 소문을
듣고서 ··· **239**

題英人威士赫演說 영국사람 윌쓰쳐의 연설에 쓰노라 ······························· **240**

夢常在見復中華, 雙橋行路停車, 柳樹下暫眠, 又復是夢, 覺而口乎 꿈에 하
냥 중화의 회복을 보게 되는데 쌍교길에 차를 세우고 버드나무아래에서 잠간 잠이

들었다가 또 이 꿈을 꾸었기에 꿈에서 깨어나 읊노라 ·········· 246

八裏甸旅舍夢中作 팔리전려사의 꿈속에서 지었노라 ·········· 246

寓芳翠溝 방취구에 우거하여 ·········· 246

芳翠寓屋, 停書口呼 방취우옥에서 책을 읽다가 읊노라 ·········· 247

追聞義砲金雲仙事 의군포수 김운선의 이야기를 듣고서 ·········· 248

憶遂安李貞鉉, 升鉉 수안 리정현과 리승현을 추억하노라 ·········· 249

慰金仁伯, 李光雲(成龍)勤苦 고생한 김인백, 리광윤(성룡)을 위로하여 ······ 249

自歎寒汗病 한한병을 자탄하여 ·········· 249

得"遲"字 ≪지(遲)≫자를 얻어 ·········· 249

輓金和賓(鼎翕) 김화빈(정흡)만사 ·········· 250

乙卯元朝 을묘 원단 ·········· 251

臥病次仁伯 ≪消雪≫韻 병석에 누워 인백의 ≪눈녹이≫ 시운을 밟아서 ······ 251

曉枕 새벽에 누워서 ·········· 252

장지연 편

海港卽事 부두에서 적다 ·········· 256

步前韻詠月季花 앞의 운에 맞추어 월계화를 노래한다 ·········· 256

送趙昌容歸故國 귀국하는 조창용을 바래주며 ·········· 256

壽梁碁汀回甲 량기정의 회갑을 축하하여 ·········· 257

向上海 상해로 향하다 ·········· 258

船中口號用前韻 배를 타고 가면서 앞의 운에 맞추어 읊다 ·········· 258

過長崎 나가사끼를 지나며 ·········· 259

船中咏懷 배를 타고 가면서 회포를 읊다 ·········· 259

海上遇雨 바다에서 비를 만나 ·········· 261

滬寧途中 상해에서 남경으로 가는 길에서 ·········· 261

過蘇州 소주를 지나며 ·········· 261

贈徐相龜歸海參威 해삼위로 돌아가는 서상구에게 드린다 ·········· 262

酬金滄江澤榮二首 창강 김택영에게 응수하여 2수를 짓다 ·········· 262

見秋風起賦懷八絶 추풍이 불어오기에 회포를 담아 8수를 짓다 ·················· 263

自敍 스스로 자신을 말한다 ·················· 265

曉夢 새벽에 꿈을 꾸고 ·················· 266

孤憤 외로운 분노 ·················· 267

獨夜三絶 밤에 홀로 절구 3수를 짓다 ·················· 267

전덕원 편

守國魂 국혼을 지켜 ·················· 272

로백린 편

國恥 국치 ·················· 276

안중근 편

立志出鄕 립지출향 ·················· 280

丈夫歌 장부가 ·················· 280

運理 천지의 리치 ·················· 281

腹中詩 배속에 품은 시 ·················· 282

贈仙境先生 선경선생에게 드림 ·················· 282

贈猛警視 맹경시에게 드림 ·················· 283

送君 동지를 보내며 ·················· 283

신규식 편

述懷示 느낀바 있어 ·················· 290

讀報有感 독보소감 ·················· 290

送阿侄杜君 조카와 두군을 바래면서 ·················· 291

懷友有感 벗을 그리여 ·················· 291

束裝 행장을 꾸미며 ······ 292

拜退天宮 천궁에 배례하노라 ······ 292

有感 느낀바 있어 ······ 293

發韓城渡鴨綠江 서울 떠나 압록강 건느며 ······ 293

到安東縣留誠一號 안동현류성1번지에 이르러 ······ 293

過高麗門 고려문을 지나며 ······ 294

留盛京奉天有感題奇弘岩 성경(봉천)에 묵으며 느낀바를 적어 홍암에게 보내다
······ 295

到山海關 산해관에 이르러 ······ 295

抵燕京訪晴蓑 연경에서 청사를 찾아 ······ 288

過舊公館 옛 공사관을 지나며 ······ 296

與晴兄阿侄發燕京 청사, 조카와 함께 연경을 떠나며 ······ 289

到天津 천진에 이르러 ······ 289

到山東省 산동성에 이르러 ······ 290

到靑島 청도에 이르러 ······ 290

發膠州灣向上海 교주만에서 상해로 가는 길에 ······ 291

寄徐血兒(民立報社員) 민립보사원 서혈아에게 ······ 291

和山陰王文富 산음의 왕문부에게 화답하노라 ······ 292

送家侄赴學生軍團 조카를 학생군단에 보내며 ······ 301

過蘇州 소주를 지나며 ······ 301

到南京留南洋第一樓 남경의 남양제1루에 머물며 ······ 302

寄韓與君 한흥군에게 ······ 302

寄余岩(赤十字社理事) 적십자사 리사 여암에게 ······ 302

寄赤十字從軍諸君 종군하는 적십자사 제군에게 ······ 303

自憫 스스로 가엾게 여기다 ······ 303

往莫愁湖 막수호로 가다 ······ 304

南京記事(金陵) 남경에서 ······ 304

上平江九層塔 평강의 9층탑에 올라 ······ 305

有感 느낀바 있어 ···································· 305

寶劍 보검 ··· 306

祝孫總統中山 손중산대통령을 축하하여 ······ 306

贈孫中山 손중산에게 ······························· 307

贈黃克强(二首) 황극강에게(2수) ················ 307

贈靜廬 정려에게 ···································· 309

寄靜廬 정려에게 ···································· 309

寄彝堂(二首) 이당에게(2수) ······················ 310

憶晴蓑 청사를 그리며 ···························· 310

贈弘岩先生 홍암선생에게 ······················· 311

贈丹齋申采浩 단재 신채호에게 ················· 311

答朴白庵書 박백암의 편지에 회답하노라 ······ 312

送惠園弟赴美洲(申德君) 미주로 떠나는 혜원군을 바래며 ··· 313

贈宋漁夫(宋敎仁) 송교인에게 ··················· 313

贈劉左成君 류좌성군에게 ························· 314

贈冶公(陶冶公) 도야공에게 ······················ 314

遊本湖贈紫芹君 본호를 거닐며 자근군에게 쓰노라 ··· 315

寄南京同志(壬子秋) 남경에 있는 동지들에게(임자년(1912년) 가을) ···· 316

乘江西船發向靑島 강서에서 배를 타고 청도로 가다 ··· 317

贈少衡 소형에게 ···································· 318

贈公六 공륙에게 ···································· 318

和孟碩獄中原韻(中華民報總主筆)(三首) 맹석이 옥중에서 지은 원운에 화답하노라(3수) ··· 319

和抱芳閣主人(陳炳華號月莊)(二首) 포각주인에게 화답하여(2수) ········ 320

生日書感 생일날의 감회 ························· 321

贈素昻 소앙에게 드리노라 ······················· 323

旅泰樓 태루를 돌아보며 ·························· 323

夜與諸棣小酌共題詩(二水) 밤에 인제들과 함께 잔을 들며 시를 짓노라(2수) ············ 324

奇忘年會(甲寅除夕) 망년회에 전하노라 …………………………… 325

送陽春時赴湖北 호북으로 가는 양춘시를 전송하여 ……………… 326

送晴衰曺成煥 청사(조성환)를 전송하여 …………………………… 326

恭賀惠仁園弟春庭大(號城庵)六十一壽 인제 혜인원의 춘정대인(호는 성암)의 탄
신 61돐을 축하하여 ……………………………………………… 327

送崔棟君赴美洲 미주로 가는 최동군을 전송하여 ………………… 327

以永樂亭詩贈鐵兒弟 인제 철아에게 영락정시를 드리노라 ……… 328

宗門題感(五首) 종문에 대한 소감을 적노라(5수) ………………… 328

贈衛成院 위수원에 드리노라 ………………………………………… 331

贈島山安昌浩(二首) 도산 안창호에게 드리노라(2수) ……………… 331

送唐少川書 당소천을 전송하며 …………………………………… 332

贈可人洪命熹 가인 홍명희에게 드리노라 ………………………… 333

寄南社 남사에 드림 ………………………………………………… 333

送晴衰書(叙阻曺成煥) 청사 조성환을 전송하여 …………………… 334

南社十一次雅集示亞子(柳亞子) 남사 제11차모임에 즈음하여 아자(류아자)에게 보
이노라 …………………………………………………………… 334

太一遺書感賦 태일의 유서에 감동되여 …………………………… 335

丁巳年元月一日(日記) 정사년 정월 1일(일기) …………………… 336

寄六五叔申伯雨 륙오숙(신백우)에게 보내드리노라 ……………… 336

建國紀元節后十五日(十月十八)李忠武公閑山島紀念(第三百十四回)
(三首) 건국기원절후 15일(10월 18일) 리충무공 한산도기념(제314회)(3수) ⋯ 337

丁巳年自壽詩 정사년 생일날의 자작시 …………………………… 338

讀美岑見贈二首卽次原韻和之(二首) 미잠이 증여한 시 2수를 읊고 원운에 따라
화답하노라(2수) ………………………………………………… 343

可人我弟大吟壇郢政又乞和之(三首) 대음단에서 시문에 대하여 가필을 할뿐더러
화답할것을 나의 인제 가인 홍명희에게 부탁하는바이다(3수) ……… 344

寄桂園(盧伯麟) 계원 로백린에게 전하노라 ……………………… 347

寄耦泉仁棣老同志(趙琬九) 오랜 동지이며 인제인 우천 조완구에게 전하노라
………………………………………………………………… 347

贈天仇(戴季陶) 천구 대계도에게 드리노라 ································ 348

京津同志被捕 북경, 천진의 동지들이 체포되었다 ······················ 348

移寓金陵聞晴簑及諸學生均解往漢城監獄(晴簑曹成煥) 금릉으로 옮긴후 청사
조성한 및 여러 학생들이 서울감옥으로 압송되었다는 소식에 접하였다 ······· 349

丁巳秋旅雜感 정사년 가을 려행소감 ····································· 353

柬某友 모 친우에게 보내는 편지 ·· 355

到津門觀水災 진문에 이르러 수재정형을 살펴보다 ···················· 355

早發津門 아침에 진문을 떠나며 ·· 356

舟中願禱 배안에서의 기원 ·· 356

過烟臺題感 연대를 지날 때의 소감 ······································· 357

孤憤 분개심 ··· 357

威海舟中紀夢示蘇子二友 위해의 선실에서 꿈자리를 적어 (소, 자) 두 벗에게 보이노
라 ·· 358

義庵六十一壽詩 의암 탄생 61돐을 축하하여 ····························· 359

聞燕市條約勒成羊城軍府道撤題感 연시조약이 강제로 성립되고 양성 군부도가 철
폐되었다는 소식을 듣고 소감을 적노라 ································ 359

舊正十三曉起, 偶得漢詩一首, 詩云乎哉, 志感而己, 示瞬醒轉碧初.(辛
酉孟春旬三) 구정 13일 아침에 일어나자 우연히 한시 한수를 짓게 되었다. 이것은 시라고
칠수는 없으며 소감을 적을따름이다. 이 시를 순성이 보고 벽초에게 전하기 바란다.(신
유년 맹춘 13일) ··· 360

贈景炎 경염에게 드리노라 ·· 360

贈友人(二首) 벗에게 드리노라(2수) ······································ 361

海上懷人(三首) 해상에서 사람을 그리며(3수) ···························· 363

八月三十一日 8월 31일 ··· 367

九月一日 9월 1일 ··· 368

題水村第五圖贈芝珪(三首) 제5수촌에 제사하여 지규에게 드리노라(3수) ····· 369

涪都車站題感 부도역두의 소감 ··· 370

壽朱太君 주태군에게 축수하여 ··· 370

高麗寺題感 고려사에 제하여 ··· 371

贈界民 계민에게 드리노라 ·· 372

寄無涯(丹齋申采浩)(三首) 무애(단제 신채호)에게 전하노라(3수) ········· 372

寄夢岩(二首) 몽암에게 전하노라(2수) ··· 374

寄鐵生(二首) 철생에게 전하노라(2수) ··· 375

≪震壇≫出世憶同志代祝(≪震壇≫半月刊) ≪진단≫창간에 즈음하여 동지들을 회
  상하는 것으로 축하하노라 ·· 377

祝香港雜志 홍콩의 잡지를 축하하여 ··· 377

高麗寺楹聯(二首) 고려사 영련(2수) ··· 378

愛吾汕廬 나의 산려를 사랑하노라 ··· 379

題汕廬圖 산려도에 제사를 쓰노라 ··· 379

廬中卽景 실내의 즉경 ··· 380

開天紀元節追慕 개천기원절을 추억하여 ··· 381

奉悼羅公弘岩神兄五章 라공 홍암 신형을 추도하여(5수) ··················· 382

並附一首戊午嘉倍日憶弘師 무오년 가배일에 홍암대종사를 추모하여 ······· 384

哈爾濱卽事 할빈의거 ·· 385

旅順就義 려순에서 장렬한 최후를 마치다 ······································· 385

弘岩先生追悼文 홍암선생을 위한 추도문 ··· 386

輓章 만장 ·· 390

維 추도사 ·· 390

輓錦山郡守(洪範植) 금산군수 홍범식을 추도하여 ···························· 393

輓安義士重根 안중근의사를 추도하여 ·· 393

弔閔泳華君 민영화군을 애도하여 ·· 394

輓鐵兒盟弟 맹제 철아를 추도하여 ·· 396

輓石農道長 석농도장을 추도하여 ·· 396

輓白岡仁棣(二首) 인제 백강 김경렬을 추도하여(2수) ······················ 398

悼故友血兒君(徐血兒) 고우 혈아군을 애도하여 ······························ 398

輓薩福(奇劍)蒲智 살복(기소)포지를 추도하여 ································· 399

往黃花岡七十二烈士紀念會送一輓 황화강 72명 렬사기념회에 보내는 만장
  ··· 400

輓吳綬卿 오수경을 추도하여 ·················· 400

輓黃克强(黃興)(二首) 황극강(황흥)을 애도하여(2수) ·················· 400

碧浪湖畔恨人談 벽랑호반의 원한 품은자의 설토 ·················· 403

陣先生英士誄 영사 진기미선생을 위한 제문(제문앞에 서문을 적음) ·················· 408

英士我兄靈右 인형 영사의 령전에 ·················· 411

신채호 편

白頭山途中(二首) 백두산 가는 길에서(2수) ·················· 419

贈妓生蓮玉 기생 련옥에게 줌 ·················· 420

北京偶吟 북경에서 읊음 ·················· 420

故園 고향이 그리워 ·················· 421

家兄忌日 우리 형님 돌아가신 날에 ·················· 421

壬戌秋作 임술년 가을밤에 ·················· 422

癸亥十月初二日 계해년 10월 초이틀날 ·················· 422

無題 무제 ·················· 423

夢金演性 김연성을 꿈에 보고 ·················· 424

舊歷歲除逢友述懷 설달 그믐밤에 회포를 적음 ·················· 425

贈別期堂安泰國 안태국을 작별하며 드림 ·················· 426

述懷一 회포를 적음 1 ·················· 427

述懷二 회포를 적음 2 ·················· 427

書憤 분함을 적음 ·················· 428

讀史 력사를 읽다 ·················· 428

咏誤 잘못을 노래함 ·················· 429

계봉우 편

警句一 경구 1 ·················· 434

警句二 경구 2 ·················· 434

警句三 경구 3 ·················· 434

김정규 편

丁未四月八日五言詩一首 정미년(1907년) 4월 8일 오언시 한수 ·················· **439**

四月十二日五言詩一首 4월 12일 오언시 한수 ························· **439**

四月十五日七言詩一首 4월 15일 칠언시 한수 ························· **440**

五月二日七言絶句一首 5월 2일 칠언절구 한수 ························· **440**

七月九日七言詩一首 7월 9일 칠언시 한수 ·························· **441**

七月二十八日五言詩一首 7월 28일 오언시 한수 ···················· **441**

八月七日七言詩一首 8월 7일 칠언시 한수 ·························· **442**

八月八日五言詩一首 8월 8일 오언시 한수 ·························· **443**

八月九日五言詩一首 8월 9일 오언시 한수 ·························· **443**

情景詩 정경시 ··· **444**

伐木詩 벌목시 ··· **445**

八月十日七言詩一首 8월 10일 칠언시 한수 ························· **445**

八月十日五言詩一首 8월 10일 오언시 한수 ························· **446**

八月十一日七言詩一首 8월 11일 칠언시 한수 ······················ **447**

寄一韻於任賢俊 임현준에게 시 한수를 ····························· **448**

八月十二日五言絶句一首 8월 12일 오언절구 한수 ··················· **448**

閑臥中庭而詩興漸長 시흥이 일어 ································· **449**

八月十八日七言詩一首 8월 18일 칠언시 한수 ······················ **449**

八月二十七日五言詩一首 8월 27일 오언시 한수 ····················· **450**

九月三日五言詩一首 9월 3일 오언시 한수 ·························· **451**

九月十二日登九景臺偶題一句 9월 12일 구경대에 올라 시 한수를 지었노라
·· **451**

九月十四日早食後告別過龜岩臺因題一句 9월 14일 아침먹고 떠나서 구암대에 이
르러 시 한수를 지었노라 ··· **452**

九月二十三日游龍淵而題一韻 9월 23일 룡연을 거닐면서 시 한수를 지었노라
·· **452**

九月二十三日七言詩一首 9월 23일 칠언시 한수 ······················ **453**

九月二十五日七言絶句一首 9월 25일 칠언절구 한수 ································· **454**

九月二十七日七言詩一首 9월 27일 칠언시 한수 ································· **454**

九月二十九日五言詩一首 9월 29일 오언시 한수 ································· **455**

九月三十日五言詩一首 9월 30일 오언시 한수 ···································· **455**

十月一日七言絶句一首 10월 1일 칠언절구 한수 ··························· **456**

十月二日七言絶句一首 10월 2일 칠언절구 한수 ··························· **456**

十月四日樂遠朋而因題一韻 10월 4일 먼곳에서 찾아온 친구를 위해 한수 짓노라
·· **457**

十月五日七言絶句一首 10월 5일 칠언절구 한수 ··························· **457**

十月九日與翊在相談爲題一韻 10월 9일 익재와 함께 이야기를 나누면서 짓노라
·· **457**

十月十一日七言詩一首 10월 11일 칠언시 한수 ··························· **458**

十月十一日七言詩又一首 10월 11일 칠언시 또 한수 ·················· **458**

十月十七日和崔伯儒五松亭詩 10월 17일 최백유의 오송정시에 화답하여 ···· **459**

十月十八日七言絶句一首 10월 18일 칠언절구 한수 ······················ **459**

和伯儒樂三齋詩 백유의 악삼재시에 화답하여 ····························· **460**

十月十九日五言詩一首 10월 19일 오언시 한수 ··························· **460**

十月二十一日五言絶句一首 10월 21일 오언절구 한수 ················· **461**

十月二十二日騷體詩一首 10월 22일 소체시 한수 ······················· **461**

十月二十三日與容淳談於良宵題奎韻 10월 23일 용순이 찾아와 밤까지 이야기를
나누었다 ··· **462**

十一月一日朝出河南暮夜歸路醉吟一句 11월 1일 아침에 하남을 떠나 한 밤에 귀로
에서 취중에 읊은 시 ·· **462**

十一月十日短歌述懷 11월 10일 단가-회포를 읊노라 ·················· **463**

十一月十二日七言絶句一首 11월 12일 칠언절구 한수 ················· **465**

十一月十七日七言絶句一首 11월 17일 칠언절구 한수 ················· **465**

十一月十八日七言絶句一首 11월 18일 칠언절구 한수 ················· **466**

十二月二日騷體詩一首 12월 2일 소체시 한수 ····························· **466**

十二月六日騷體詩一首 12월 6일 소체시 한수 ····························· **467**

十二月八日七言詩一首 12월 8일 칠언시 한수 ································· **468**

十二月九日咏雜詩一首 12월 9일 영잡시 한수 ································· **469**

十二月十日雜言詩一首 12월 10일 잡언시 한수 ································· **469**

十二月十一日雜言詩一首 12월 11일 잡언시 한수 ····························· **470**

十二月十二日五言絶句一首 12월 12일 오언절구 한수 ························· **471**

十二月十三日七言絶句一首 12월 13일 칠언절구 한수 ························· **472**

十二月十四日七言詩一首 12월 14일 칠언시 한수 ····························· **472**

十二月十五日五言詩一首 12월 15일 오언시 한수 ····························· **473**

十二月十六日書答饋禮 12월 16일 친구의 례물을 받고서 ················· **473**

十二月十七日雜言詩一首 12월 17일 잡언시 한수 ····························· **474**

十二月十八日雜言詩一首 12월 18일 잡언시 한수 ····························· **475**

十二月十九日五言絶句一首 12월 19일 오언절구 한수 ························· **476**

十二月二十日五言絶句一首 12월 20일 오언절구 한수 ························· **477**

十二月二十一日騷體詩一首 12월 21일 소체시 한수 ··························· **477**

十二月二十二日七言絶句一首 12월 22일 칠언절구 한수 ····················· **478**

十二月二十三日騷體詩一首 12월 23일 소체시 한수 ··························· **478**

十二月二十四日五言絶句一首 12월 24일 오언절구 한수 ····················· **479**

十二月二十七日七言絶句一首 12월 27일 칠언절구 한수 ····················· **480**

戊申一月十五日上元 무신년(1908년) 1월 15일 상원날 ················· **480**

一月二十三日五言絶句一首 1월 23일 오언절구 한수 ························· **480**

三月十一日五言絶句一首 3월 11일 오언절구 한수 ····························· **481**

三月二十七日咏春日於騷坰 3월 27일 소단에서 봄날을 노래하여 아희부러 종이를
찾아내여 ································· **481**

三月二十九日咏暮春詩 3월 29일 늦봄을 노래하여 ························· **482**

四月一日送於林舊禮 4월 1일 림구례에게 ································· **482**

別崔仁錫於柳亭 류정에서 최인석과 갈라지며 ································· **483**

四月二日題新詩於脆柳亭 4월 2일 취류정에 새 시를 적노라 ················· **484**

四月三日苦吟農圃詩 4월 3일 농포시 ································· **484**

四月十一日寫結交行一篇 4월 11일 결교행 한편을 지어보이노라 ················· **485**

四月十二日五言詩一首 4월 12일 오언시 한수 ·· **486**

四月十三日七言絶句一首 4월 13일 칠언절구 한수 ································ **487**

四月十四日七言絶句一首 4월 14일 칠언절구 한수 ································ **487**

四月十五日五言詩一首 4월 15일 오언시 한수 ·· **488**

四月十六日五言詩一首 4월 16일 오언시 한수 ·· **488**

四月十七日五言詩一首 4월 17일 오언시 한수 ·· **489**

四月十八日觀李白詩爲和 ≪花落知多少≫云 4월 18일 리백의 시를 보다가
≪花落知多少≫에 화답하여 ··· **489**

四月十九日五言詩一首 4월 19일 오언시 한수 ·· **490**

四月二十日看飛燕雙雙來巢於堂上爲吟一句 4월 20일 제비가 쌍쌍 날아와 당상
에 둥지를 틀므로 그것을 보고 읊조린다 ································· **491**

四月二十一日七言詩一首 4월 21일 칠언시 한수 ································ **491**

四月二十三日騷體詩一首 4월 23일 소체시 한수 ································ **492**

四月二十四日七言時一首 4월 24일 칠언시 한수 ································ **493**

四月二十五日五言詩一首 4월 25일 오언시 한수 ································ **494**

四月二十六日五言詩一首 4월 26일 오언시 한수 ································ **495**

四月二十七日五言詩一首 4월 27일 오언시 한수 ································ **496**

四月二十八日五言詩一首 4월 28일 오언시 한수 ································ **496**

四月二十九日五言絶九一首 4월 29일 오언절구 한수 ························· **497**

五月八日七言詩一首 5월 8일 칠언시 한수 ··· **497**

五月九日五言詩一首 5월 9일 오언시 한수 ··· **498**

五月十日五言詩一首 5월 10일 오언시 한수 ··· **498**

五月十二日五言詩一首 5월 12일 오언시 한수 ·· **500**

五月十四日七言詩一首 5월 14일 칠언시 한수 ·· **501**

五月十六日五言絶句一首 5월 16일 오언절구 한수 ································ **502**

五月十七日七言詩一首 5월 17일 칠언시 한수 ·· **502**

五月十八日五言詩一首 5월 18일 오언시 한수 ·· **503**

五月二十日五言詩一首 5월 25일 오언시 한수 ··· 504

五月二十一日五言詩一首 5월 21일 오언시 한수 ··· 505

五月二十四日五言絶句一首 5월 24일 오언절구 한수 ································· 505

五月二十五日五言絶句一首 5월 25일 오언절구 한수 ································· 506

五月二十六日五言絶句一首 5월 26일 오언절구 한수 ································· 506

五月二十七日五言絶句一首 5월 27일 오언절구 한수 ································· 506

五月二十八日五言詩一首 5월 28일 오언시 한수 ··· 507

五月二十九日五言詩一首 5월 29일 오언시 한수 ··· 507

六月二日五言絶句一首 6월 2일 오언절구 한수 ··· 509

六月三日五言詩一首 6월 3일 오언시 한수 ·· 509

六月四日五言詩一首 6월 4일 오언시 한수 ·· 510

六月五日五言絶句一首 6월 5일 오언절구 한수 ··· 511

六月十四日五言絶句一首 6월 14일 오언절구 한수 ······································ 511

六月二十九日七言詩一首 6월 29일 오언시 한수 ·· 511

七月十九日四言詩一首 7월 19일 사언고시 한수 ·· 512

七月二十三日五言詩一首 7월 23일 오언시 한수 ·· 513

七月二十四日七言詩一首 7월 24일 칠언시 한수 ·· 514

七月二十九日五言詩一首 7월 29일 오언시 한수 ·· 515

八月三日四言古詩一首 8월 3일 사언고시 한수 ··· 515

八月三日與龍潭同登管窺樓題一首 8월 3일 아침에 룡담과 함께 관규루에 올라
·· 517

八月二十四日五言詩一首 8월 24일 오언시 한수 ·· 517

八月二十四日七言絶句一首 8월 24일 칠언절구 한수 ································· 518

九月九日五言詩一首 9월 9일 오언시 한수 ·· 518

九月十一日四言古詩一首 9월 11일 사언고시 한수 ······································ 519

九月十二日隨感隨筆 9월 12일 감수따라 적노라 ·· 519

九月十三日行路難 9월 13일 행로난 ·· 520

十月二十八日獨坐山房醉吟隨筆云 10월 28일 홀로 산방에 앉아 취해 읊조리며 붓
을 들다 ··· 521

十一月六日四言古詩一首 11월 6일 사언고시 한수 ································· 522

己酉一月一日五言詩一首 기유년(1909) 1월 1일 오언시 한수 ··············· 523

二月十日五言絶句一首 2월 10일 오언절구 한수 ··························· 525

二月十五日七言詩一首 2월 15일 칠언시 한수 ······························ 525

二月二十日五言詩一首 2월 20일 오언시 한수 ···························· 526

二月二十二日七言詩二首 2월 22일 칠언시 2수 ·························· 526

二月二十二日後前韻再吟 2월 22일 앞의 운을 따라 또 읊노라 ·········· 527

二月二十四日五言詩一首 2월 24일 오언시 한수 ························· 528

四月一日五言詩一首 4월 1일 오언시 한수 ······························· 528

四月二日五言詩一首 4월 2일 오언시 한수 ······························· 529

四月四日七言絶句一首 4월 4일 칠언절구 한수 ··························· 529

四月十三日與同儕游於龍淵, 口占數句, 因題磐石云 4월 13일 동배들과 룡연을
노닐며 구점 몇구를 반석에 쓴다 ··· 530

六月二日五言詩一首 6월 2일 오언시 한수 ······························· 531

六月二十二日五言絶句一首 6월 22일 오언절구 한수 ··················· 532

七月二十五日七言絶句一首 7월 25일 칠언절구 한수 ··················· 532

八月一日五言詩一首 8월 1일 오언시 한수 ······························· 533

八月三日雜言詩一首 8월 3일 잡언시 한수 ······························· 534

八月七日騷體詩一首 8월 7일 소체시 한수 ······························· 538

八月十五日騷體詩一首 8월 15일 소체시 한수 ··························· 539

八月十八日五言詩一首 8월 18일 오언시 한수 ··························· 540

八月二十一日五言絶句一首 8월 21일 오언절구 한수 ··················· 541

八月二十二日七言絶句一首 8월 22일 칠언절구 한수 ··················· 541

八月二十三日五言詩一首 8월 23일 오언시 한수 ························· 542

八月二十四日七言絶句一首 8월 24일 칠언절구 한수 ··················· 542

八月二十五日七言詩一首 8월 25일 칠언시 한수 ························· 543

八月二十六日七言詩一首 8월 26일 칠언시 한수 ························· 543

八月二十七日五言詩一首 8월 27일 오언시 한수 ························· 544

八月三十日五言絕句一首 8월 30일 오언절구 한수 ……………………… **545**

九月一日七言絕句一首 9월 1일 칠언절구 한수 …………………………… **546**

九月三日七言絕句一首 9월 3일 칠언절구 한수 …………………………… **546**

九月五日五言詩一首 9월 5일 오언시 한수 ……………………………………… **547**

九月八日七言絕句一首 9월 8일 칠언절구 한수 …………………………… **547**

九月九日七言詩一首 9월 9일 칠언시 한수 …………………………………… **548**

九月九日又吟一首 9월 9일 또 한수 읊조리며 ……………………………… **548**

九月十二日七言絕句一首 9월 12일 칠언절구 한수 ………………………… **549**

九月十三日深夜起坐咏雪 9월 13일 깊은 밤에 일어나 앉아 눈을 읊노라 …… **549**

九月十六日欲寐不得苦吟一首 9월 16일 아무리 모대겨도 잠오지 않네 …… **550**

九月十九日五言絕句一首 9월 19일 오언절구 한수 ………………………… **551**

九月二十三日五言絕句一首 9월 23일 오언절구 한수 ……………………… **551**

九月二十五日借唐詩韻隨筆題六字詩二首 9월 25일 당시의 운을 빌어 6언시 두수
를 쓰노라 ……………………………………………………………………… **552**

九月二十六日秋懷 9월 26일 가을의 회포 ………………………………… **552**

九月二十六日悲秋詩 9월 26일 가을을 슬퍼하여 ……………………… **553**

九月二十七日七言絕句一首 9월 27일 칠언절구 한수 ……………………… **554**

十月二日五言絕句一首 10월 2일 오언절구 한수 …………………………… **555**

十一月十日五言絕句一首 11월 10일 오언절구 한수 ……………………… **555**

十一月十一日五言詩一首 11월 11일 오언시 한수 ………………………… **555**

十一月十五日七言詩一首 11월 15일 칠언시 한수 ………………………… **556**

十一月二十日五言絕句一首 11월 20일 오언절구 한수 …………………… **557**

十一月二十日因感李俊之死於海牙, 遂爲之詩曰 11월 20일 헤그에서 돌아간 리
준의 장거에 감동되여 시를 읊노라 ……………………………………… **558**

十二月十三日五言詩一首 12월 13일 오언시 한수 ………………………… **559**

庚戌一月一日五言詩一首 경술년(1910년) 1월 1일 오언시 한수 …………… **559**

一月八日五言絕句一首 1월 8일 오언절구 한수 …………………………… **560**

三月十四日七言絕句一首 3월 14일 칠언절구 한수 ………………………… **561**

三月十五日五言詩一首 3월 15일 오언시 한수 ······················· **561**

三月十七日勸學詩 3월 17일 권학시 ····································· **562**

三月十九日五言詩一首 3월 19일 오언시 한수 ······················· **563**

三月二十八日五言詩一首 3월 28일 오언시 한수 ···················· **564**

四月一日五言絶句一首 4월 1일 오언절구 한수 ······················ **565**

四月五日與諸友閑談 4월 5일 친구들과 한담하다가 ················ **565**

四月八日尋春 4월 8일 봄을 찾아 ·· **566**

四月十日偶吟 4월 10일 하염없이 읊은 노래 ·························· **566**

四月十日七言詩一首 4월 10일 칠언시 한수 ·························· **566**

四月十三日五言絶句一首 4월 13일 오언절구 한수 ················· **567**

四月二十一日五言詩一首 4월 21일 오언시 한수 ···················· **568**

四月二十七日偶吟一首 4월 27일 하염없이 읊은 노래 한수 ······· **568**

四月二十八日七言絶句一首 4월 28일 칠언절구 한수 ··············· **569**

四月二十九日七言絶句一首 4월 29일 칠언절구 한수 ··············· **569**

五月一日五言絶句一首 5월 1일 오언절구 한수 ······················ **569**

五月五日七言詩一首 5월 5일 칠언시 한수 ·························· **570**

五月十一日七言絶句一首 5월 11일 칠언절구 한수 ················· **570**

六月一日七言絶句一首 6월 1일 칠언절구 한수 ······················ **571**

六月五日偶吟 6월 5일 하염없이 읊은 노래 ·························· **571**

六月二十八日五言詩一首 6월 28일 오언시 한수 ···················· **572**

九月二十八日五言絶句一首 9월 28일 오언절구 한수 ··············· **572**

十一月十七日五言絶句一首 11월 17일 오언절구 한수 ············· **573**

辛亥四月二十七日七言詩一首 신해년(1911년) 4월 27일 칠언시 한수 ········ **573**

五月二十四日七言詩一首 5월 24일 칠언시 한수 ···················· **574**

六月二十二日讀俠義傳爲題篇頭 6월 22일 의협전을 읽고 ·············· **574**

六月二十二日讀俠義傳又題一首 6월 22일 의협전을 읽고 또 한수 쓰노라

··· **575**

閏六月二十日五言詩一首 윤 6월 20일 오언시 한수 ················ **575**

十二月十八日七言絶句一首 12월 18일 칠언절구 한수 ······························· **576**

十二月十九日痛論時事 12월 19일 아픈 마음으로 시사를 론하며 ··············· **576**

壬子正月一日五言詩一首 임자년(1912년) 1월 1일 오언시 한수 ················· **577**

甲寅一月一日七言詩一首 갑인년(1914년) 1월 1일 칠언시 한수 ·············· **578**

一月十五日步月有詩 1월 15일 달빛아래서 ································· **579**

六月十八日次杜工部愁詩韻 6월 18일 두보의 애수시 운을 따라 읊노라 ······ **581**

七月三十日七言詩一首 7월 30일 칠언시 한수 ······························ **582**

八月三日七言詩一首 8월 3일 칠언시 한수 ································· **583**

八月二十六日七言詩一首 8월 26일 칠언시 한수 ···························· **584**

乙卯三月三日七言絶句一首 을묘년(1915년) 3월 3일 칠언절구 한수 ·········· **585**

三月二十日七言絶句一首 3월 20일 칠언절구 한수 ··························· **585**

四月二十七日五言詩一首 4월 27일 오언시 한수 ····························· **586**

五月二十三日五言詩一首 5월 23일 오언시 한수 ····························· **586**

七月十八日輓詩一首 7월 18일 만시 한수 ································· **587**

八月十五日七言詩一首 8월 15일 칠언시 한수 ······························ **588**

八月十七日哭笑歌 8월 17일 울고 웃네 ·································· **588**

八月二十二日中秋感懷 8월 22일 추석날의 감회 ························· **589**

八月二十四日奉和龍潭感懷詩韻 8월 24일 룡담의 감회시운에 화답하여 ···· **591**

八月二十四日再書懷寄龍潭 8월 24일 또 한수 룡담에게 부치노라 ········· **591**

九月六日七言詩一首 9월 6일 칠언시 한수 ······························· **592**

九月九日七言詩一首 9월 9일 칠언시 한수 ······························· **592**

九月十六日五言詩一首 9월 16일 오언시 한수 ······························ **593**

丙辰三月十一日五言絶句一首 병진년(1916년) 3월 11일 오언절구 한수 ······ **594**

丁巳十二月十四日七言詩一首 정사년(1917년) 12월 14일 칠언시 한수 ········ **594**

十二月二十八日四言詩一首 12월 28일 사언시 한수 ······················· **595**

戊午一月一日七言絶句一首 무오년(1918년) 1월 1일 칠언절구 한수 ··········· **596**

一月三日五言絶句一首 1월 3일 오언절구 한수 ······························ **596**

二月二日七言絶句一首 2월 2일 칠언절구 한수 ······························ **596**

김승학 편

立志出鄕 큰 뜻을 품고 ···································· 602

亡命路上 도망군의 길 ································· 602

檻車 죄인의 수레 ··· 603

獄中感懷 옥중감회 ······································· 604

五十而覺 깨달음 ··· 605

獄中慘狀 옥중참상 ······································· 606

김지섭 편

平生志 평생에 품은 뜻 ································ 610

仗義挺身 대장부 일어섰으니 ··················· 610

김좌진 편

斷腸之痛 단장의 아픔 ································ 614

向祖國進軍 조국 향해 진군 ····················· 614

리정 편

陣中吟 진중음 ·· 618

김중건 편

白頭山有情 백두산유정 ····························· 622

韓圭卨對韻 한규설의 운을 따라 ·············· 622

建元元年元旦作詩 건원 원년 원단에 ······· 623

會寧獄詩 회령감옥에서 ······························ 624

二十五歲時作 25세에 지음 ······················ 624

寄海山翁(對句) 해산옹에게(대구) ············ 625

김두봉 편

祝震壇 진단을 빌다 ··· 630

윤봉길 편

滌汚 때는 맑게 씻고서 ·· 634

先生赤誠 선생의 붉은 정성 ·· 634

조정환 편

白骨漢山川 이 몸은 이국땅 중국에 묻히누나 ························· 640

부평초 편

祝天鼓 천고를 비노라 ··· 644

림지산 편

祝天鼓 천고를 비노라 ··· 648

완사 편

祝天鼓 천고를 비노라 ··· 652

극화 편

祝天鼓 천고를 비노라 ··· 656

백취광부 편

祝震壇 진단을 비노라 ··· 660

조완구 편

接白醉老哥祝震壇詩有感 백취로형의 시 ≪진단을 빌다≫를 읽고 ·············· **664**

계민오각 편

哀梅四首 매원이 애닲아(4수) ··· **670**

백산학인 편

月夜偶感 달밤에 느낀바 있어 ··· **676**

무명 씨 편

獄中感懷(二首) 옥중에서 느낀바 있어(2수) ··· **680**

2권   김택영

김택영 한시에 대하여·곽미선 ··· 27

【乙巳稿】(1905년)

六日 自漢城挈眷出仁川 將往淸國上海 書別李茂才(範仲)三首 6일에 한양으
로부터 가족을 이끌고 인천으로 출발하였다. 장차 청나라 상해로 떠나면서 시로 이무재
(범중)와 이별한 세 수를 짓다 ·· **37**
九日發船作二首 9일에 배가 떠날 제 2수를 짓노라 ····························· **38**
至上海 상해에 이르러 ··· **38**
晚乘小輪船 向蘇州 저녁에 작은 배를 타고 소주로 향하며 ····················· **39**
姑蘇懷古 고소의 역사를 회상하며 ··· **40**

上海晤張嗇菴修撰有贈 상해에서 장색암 수찬을 만나 주노라 ······················ **40**

十月三日夜 自上海小東門 乘輪船入揚子江 10월 3일 밤에 상해 소동문에서부터
배를 타고 양자강으로 들어가다 ······················ **42**

四日至通州大生紗廠 贈張退翁觀察叔儼 4일에 통주 대생방적공장에 이르러 장퇴
옹 관찰 숙엄에게 주다 ······················ **44**

金平季贈詩 有“老臣不作他人婦 携取妻孥下九州”之語 感而謝之 김평계가 써
준 시에 ‘노신은 타인의 아내가 되지 않겠으니 처자식 데리고 구주에 내려가네’라는
구절이 있는데 느낌이 있어 감사를 드리다 ······················ **45**

贈王少屛諸眞長二君 왕소병, 제진장 두 분에게 ······················ **46**

退翁餽食物八種 兼贈女兒女學士章服新制一襲 作此謝之 퇴옹이 음식물 여덟
가지를 보내오고 아울러 딸아이의 여학생 옷 한 벌을 새로 지어 주었다. 이를 지어
사례하다 ······················ **46**

追感本國十月之事 우리나라 10월의 일을 추억하며 ······················ **47**

【丙午稿】(1906년)

月夜步河岸 懷江易園 달밤에 강가를 거닐며 강역원을 생각하노라 ······················ **49**

同王少屛游奎星樓 왕소병과 함께 규성루에서 노닐며 ······················ **49**

謝吳生見訪 吳卽乙巳至通州時 同宿於舟中者也 오생의 방문을 감사하며 - 오생
은 곧 을사년에 통주에 이를 때 함께 배에 묵었던 분이다 ······················ **51**

【丁未稿】(1907년)

正月 第四子生 名曰光續 志喜示室人 정월에 넷째 아들을 낳으니 이름을 광속이라
하였다. 기쁨을 표시하여 아내에게 보여주었다 ······················ **53**

挽曲園先生 곡원선생을 기리며 ······················ **54**

書徐淡廬扇 서담려의 부채에 쓰노라 ······················ **57**

代聞 皇上內禪感賦 황상께서 선양을 받아들였다는 소식을 듣고 느낌이 있어 읊노라
······················ **57**

賀退翁病愈 퇴옹의 병이 완쾌된 것을 축하하여 ······················ **58**

題嗇翁詩卷 색옹의 시집에 쓰노라 ································· **59**

訪周晋琦曾錦不遇 留題二首 주진기를 방문하였으나 만나지 못하여 2수를 남기다
··· **62**

余四十歲前 白川黃衣山人安聖文 爲余算命 其後二三十年之間 所算皆中
而其曰晚境甚亂者 尤切中於今日之所遇 而安已死久矣 感而作此 兼以致
悼 내가 사십세 전에 백천 황의산인 안성문이 나를 위하여 운수를 점쳐주었다. 그
후 2,30년 사이에 점친 것이 모두 들어맞았는데 만년에 매우 어지럽다고 말한 것은
더욱 오늘날의 경우에 딱 맞았다. 그러나 안성문은 이미 죽은지 오래되었다. 느낌이
있어 이 시를 지어 겸하여 애도를 표하노라 ··································· **63**

【戊申稿】(1908년)

游狼山 낭산에서 노닐며 ··································· **65**

嗇菴徐夫人挽 색암 서부인 만사 ··································· **65**

囑退翁書聯 久而未得 以詩促之 퇴옹에게 서련을 부탁한지 오래되어도 얻지 못하자
시를 지어 독촉하노라 ··································· **67**

贈李司馬 이사마에게 드리노라 ··································· **68**

楊花園夜宴 題妓素秋扇 양화원의 밤 연회에서 기생 소추의 부채에 제하노라
··································· **71**

遙壽本生從兄主事君回甲 멀리서 나의 종형인 주사의 회갑을 축하하노라 ····· **71**

寄嗇翁四首 색옹에게 4수를 부치노라 ··································· **73**

金陵二首 금릉 2수 ··································· **74**

望揚州 양주를 바라보며 ··································· **75**

焦山 초산에서 ··································· **76**

【己酉稿】(1909년)

贈嚴幾道復三首 기도 엄복에게 ··································· **77**

附和詩 화답시를 부치다 ··································· **78**

余居通州數年 而衰朽之故 不能通語 尤昧於俗忌 嘗與一老人筆談 犯其忌

老人怒而絶之 及老人沒 其子請挽 作此應之 내가 통주에 몇 년 살았으나 노쇠한 원인으로 말이 통하지 않았으며 더욱이 민간의 꺼리는 일에 어두웠다. 일찍이 한 노인과 필담을 하다가 그가 꺼리는 바를 범하였다. 노인은 노하여 절교하였는데 노인이 죽자 그의 아들이 만사를 청하였기에 이를 지어 응하였다 ··········· **79**

二月二十二日 作回國之行 明日宿天生港薑船 傅進士壽慈餽玫瑰酒四瓶 戲作長句謝之 2월 22일 귀국할 행장을 하고 다음날 천생항 돈선에 머물렀다. 부수자 진사가 장미술 4병을 가져다 주었다. 장난삼아 장구를 지어 감사드리다 ········· **80**

西湖 서호 ·· **82**

還國初 李素雲源昇爲余囑安心田寫歸來圖 仍勸余賦其事 而請權石雲東壽書之圖尾 환국초에 이원승이 나를 위하여 안심전에게 귀래도를 그리도록 부탁하였다. 이어 나에게 그 일을 읊도록 권하고 권석운에게 그림 말미에 쓰라고 청하였다 ·· **83**

爲栩籧尹公 恭題御書碧樹居士亭額後 허거 윤공을 위하여 공손하게 임금의 글씨 벽수거사라는 정자 현판 뒤에 쓰다 ································· **84**

六月五日晨 潛隨登州商人紀蘭亭出仁川 薙髮作華裝 向晚同紀及諸華商登輪船 向烟臺作 6월 5일 새벽에 몰래 등주 상인 기난정을 따라 인천으로 나갈 때에 머리를 깎아 중국 사람처럼 변장하고 석양에 기난정 및 여러 중국인 상인들과 함께 화륜선에 올라 연태로 향하면서 짓노라 ······················ **86**

至烟臺 復本裝作 연대에 이르러 다시 본장을 짓다 ············ **87**

海上懷嗇翁 바다에서 색옹을 그리며 ····························· **88**

焦石山房周晉奇所居夜飮 주진기가 사는 초석산방에서 밤에 마시며 ····· **89**

聞義兵將安重根報國讎事 의병장 안중근이 나라의 원수를 갚았다는 말을 듣고 ·· **89**

寄嚴幾道 엄기도에게 부치노라 ······························· **90**

附幾道和詩 기도 엄복에게 화답하며 보낸 시 ··············· **92**

寄鄭蘇堪 정소감에게 보내며 ································· **93**

李小湖曉芙 省墳紹興回 爲言雪中過稽山眺矚甚樂 賦贈六首 소호 이효부가 분묘를 쓸고자 소흥으로 갔다가 돌아와서 말하기를 "눈속에서 계산을 지났는데 바라봄이 매우 기뻐서 6수를 읊어 보내노라"고 하였다 ·········· **94**

得王敬菴侍講性淳書喜賦 왕성순의 편지를 얻고 기뻐서 읊노라 ·········· **96**

寄金春皐允行謹鏞 김윤행에게 부치며 ································· **97**

贈宋躍門龍淵茂才 무재 송약문에게 드리노라 ···················· **98**

寄朴茂原 박무원에게 ··· **99**

寄鄭葵園 정규원에게 ··· **100**

寄鄭茂亭承旨 用九言體 승지 정무정에게 구언체를 써서 부치다 ············· **102**

寄徐秘書丞相勛 비서 서상훈에게 ··································· **104**

【庚戌稿】(1910년)

正月 室人欲爲小兒祈命 以義子請于退翁姬楊 退翁聞而許之 具儀如例 因
命名曰光祖 望其光復祖國也 作詩紀之 정월에 아내가 아이를 위하여 명을 빌고
자 퇴옹의 부인 양씨에게 양자로 들일 것을 청하자 퇴옹이 듣고 허락하였다. 예에 따라
예절를 갖추고 '광조'라는 이름 지으니, 그가 조국을 광복하기를 바라는 뜻에서였다.
시를 지어 기록하노라 ··· **106**

寄黃梅泉 황매천에게 부치며 ······································· **107**

和黃瑗季方梅泉弟贈詩 황원(매천의 동생)이 준 시에 화답하노라 ············· **109**

送金陵孫茂才輔情之濟南 作都講 금릉의 손무재 보정이 제남에 도강하러 가는 것을
보내며 ·· **110**

昨夜退翁宅 同嗇翁會飯 嗇翁指食物三種約賦 朝起見其投七絶三首 何其疾
也 慚而急和 어제밤에 퇴옹의 집에서 색옹과 함께 만나 밥을 먹었다. 색옹이 음식
세 가지를 가리키며 시를 짓기를 약속하였다. 아침에 일어나 그가 칠언절구 세 수를
쓴 것을 보았는데 어찌 그리 빠른가. 부끄러워서 급히 화답하도다 ············· **111**

寄李蘭谷建芳 이건방에게 ··· **112**

奉和李雨堂莘田丈人 이우당의 장인에게 화답하노라 ···················· **113**

尹顯泰同安昌浩李鍾浩見訪 遂與遊狼山寺一宿 尹與弟顯振寓上海 윤현태가 안창
호, 이종호와 함께 방문하러 왔다. 이에 그들과 함께 낭산의 절을 노닐고 하루밤을
묵었다. 윤현태와 그의 동생 윤현진은 상해에 살고 있다 ················· **114**

送揭秀谷向寅歸撫州 갈수곡이 무주로 돌아가는 것을 보내며 ··············· **114**

張峰石以自挽詩屬和者數年 今始有應 장봉석이 스스로 지은 만시에 화운하기를
부탁한지 수년인데 지금 비로소 응하노라 ····························· **115**

退翁送扇與金泥 要寫近作詩 余旣拙於書 又苦扇之難書 作此乞李曉芙代寫

以歸之 퇴옹이 부채와 금니를 주면서 근래 지은 시를 쓰게 하였으나 나는 글씨가
서투르고 또 부채에 글을 쓰기가 어려워 이 시를 지어 이효부에게 대신 써주어 갖고
가기를 부탁하였다 ·· 118

揚州陸生景騫有詩才 以貧廢著于通州 而猶不廢吟 間來見余 以月餠八爲贄
遂就月餠 賦四言詩以贈之 양주의 육생 경건은 시재가 있으나 가난함으로써 통주
에 이름이 났는데 아직도 시를 옮기를 그만두지 않았다. 근래에 나를 보러 와서 월병
여덟 개를 폐백으로 삼았다. 그리하여 월병으로 사언시를 지어서 주었다 ······ 121

庭中卽事 뜰에서 읊노라 ·· 122

聞黃梅泉殉信作 황매천이 나라 위해 순국하였다는 말을 듣고 짓노라 ············ 123

退翁六十壽詩 퇴옹의 예순 생일에 장수를 비는 시 ·· 124

回甲生朝 환갑날 아침에 ·· 125

東海豊府院君 해풍부원군에게 보내는 편지 ·· 125

贈吳翼亭 오익정에게 ·· 126

【辛亥稿】 (1911년)

周晉奇約偕游狼山 余以脚步不良 不能應 주진기가 함께 낭산으로 놀러 가자고
약속하였으나 내가 걸음걸이가 좋지 않아 응하지 못하였다 ····························· 127

送屠翰林敬山寄 歸武進六首 도경산이 무진으로 돌아가는 것을 보내는 여섯 수
·· 127

悼朴栢堂 박백당을 추모하며 ·· 129

追悼徐順之 서순지를 추도하며 ··· 131

明瑟軒卽事 명슬헌에서 즉흥시를 짓노라 ·· 132

懷李晦觀承旨 이회관을 그리며 ··· 132

懷南霞山判書 판서 남하산을 그리며 ·· 133

感中國義兵事五首 중국의 의병 이야기에 감동한 다섯 수 ································· 133

和葉石香 섭석향에게 화답하노라 ·· 135

聞季弟性天 以八月七日見孫 慶喜賦 막내동생 성천이 8월 7일에 손자를 봤다는
말을 듣고 기뻐서 부른 노래 ·· 135

謝退翁歲饋三首 퇴옹이 음식을 보내준 것에 감사하여 3수를 짓노라 ·············· 136

【壬子稿】 (1912년)

金允行之刊吾文也 諸君子傍助者亦多 賦懷人體十一首以徧謝之 김윤행이
  내 글을 간행함에 여러 군자들이 곁에서 도왔다. 그리하여 이들을 생각하는 열한수를
  지어 두루 사례하다 ······ **138**

三從弟縣監仁汝 팔촌동생 현감 인여에게 ······ **139**

孫主簿宜卿 손의경 ······ **140**

金厚卿 김후경 ······ **141**

曹敎官舜八 조순팔 ······ **142**

朴茂原 박무원 ······ **143**

崔郡守用九基鼎 최용구에게 ······ **144**

金允行 김윤행 ······ **145**

韓司諫聖祚永錫 한성조에게 ······ **146**

王原初 왕원초에게 ······ **146**

孔參奉允悅聖學 공성학에게 ······ **148**

贈沈友卿同芳翰林 심우경에게 드리며 ······ **149**

吳老人韞輝毓沈 見訪于書局 言將游天臺山 作此贈之 노인 오온휘가 서국을 방
  문하고 말하기를 장차 천태산을 노닌다고 하기에 이를 지어 주었다 ······ **149**

對月懷王原初敬菴字 次前所贈韻 달을 대하여 왕원초를 생각하며 전에 써준 시에
  차운하다 ······ **150**

噫噫篇寄李文先箕紹 탄식하는 시를 이문선에게 부치노라 ······ **151**

酬沈友卿 兼懷屠歸甫敬山號三首 심우경과 대작하며 겸하여 도귀보를 생각하는
  세 수 ······ **154**

附友卿原詩 심우경의 원시에 붙이다 ······ **156**

和郝衡之 학형지에게 화답하노라 ······ **157**

題淡廬所作荷花圖 담려가 그린 연꽃그림에 제하여 ······ **158**

謝湯醫士治病牙 탕의사가 앓는 이를 고쳐준 데 감사하여 ······ **159**

【癸丑稿】(1913년)

戱贈徐浩淵 서호연에게 ································· 161

赴退翁招 飮城南別業 歸賦却寄 퇴옹의 부름에 나아가 성남별장에서 마시고 돌아와
읊어서 보내다 ································· 161

贈吳生作龍 오작룡에게 ································· 162

送洪舜兪鄭景施金國珣三君之南京 홍순유, 정경시, 김국순 세분을 남경에 바래며
································· 164

贈張生孝若 장효약에게 ································· 165

送孝若之上海入新學 효약이 상해의 신학에 들어가는 것을 보내며 ········· 166

孫主事石渠實書挽 손석거에 대한 만사 ································· 167

余嘗以拙集一部 贈林君咏淸承炯矣 林有書云詩二本爲人所攫 賦寄 내가 일
찍이 나의 문집 한 부를 임영청게게 주었다. 임군이 편지를 보내어 말하기를 시 두
책을 빼앗겼다고 하였다. 이에 시를 지어 부친다 ························· 168

【甲寅稿】(1914년)

得郝衡之熱河寄信 학형지가 열하에서 보내온 편지를 받고 ············· 170

寄陳子貞 진자정에게 ································· 170

退翁邵夫人挽 퇴옹 소부인의 만사 ································· 171

爲湯蟄仙 賦明遺民朱舜水先生事 탕칩선을 위하여 명나라 유민 주순수 선생의 일을
읊노라 ································· 174

蕉石山房 同晉奇夜飯 楊君穀孫亦在座 歸後有寄 초석산방에서 진기와 함께 저
녁밥을 먹는데 양곡손도 또한 자리에 있었다. 돌아간 후에 부치다 ········· 176

再賦蕉石山房會飯事 초석산방에서 회반한 일을 거듭 읊노라 ············· 177

寄小湖求刻印石 소호에게 보내어 각인석을 구하다 ····················· 179

遙題開城紅葉樓 멀리서 개성의 단풍누각을 그리며 ····················· 180

八月五日 家兒字盧氏女 述懷寄退翁 8월 5일 아들딸이 회포를 적어 퇴옹에게 보내
다 ································· 181

八月 黃根石於所住城南典鋪 見園梅開花 作詩索和 팔월에 황근석이 살고 있는

성남의 전당포에서 뜰의 매화가 핀 것을 보고 시를 지어 화답을 청하였다 ···· **184**

十五夜 晉奇招同張峽亭楊穀孫徐淡盧諸君子玩月 십오일 밤에 진기가 장협정,
양곡손, 서담려 등 여러 군자를 불러 함께 달을 완상하다 ···················· **185**

謝澹盧贈蠟梅折枝一束 담려가 납매 가지 한묶음 준 것에 감사하며 ········· **188**

【乙卯稿】(1915년)

蕉石山房 待主人歸 초석산방에서 주인이 돌아오기를 기다리며 ···················· **190**

酬曹深齋仲謹兢燮 심재 조긍섭에게 화답하노라 ···································· **190**

題莊繁詩夫人所寫離騷經後三首 장번시 부인이 쓴 이소경 후 세 수에 제하며
··· **192**

酬柳茂才 류무재에게 화답하며 ··· **193**

題孝若北京詩卷 효약의 북경시권에 제하노라 ··· **194**

謝李明集貽書結交 이명집이 편지를 보내여 교분을 맺은 것에 감사하며 ······ **195**

十月 岳婿自揚州小輪船局 送月餠 爲余生辰 祝曰願翁精神如月之滿 作歌
寄之 10월 사위가 양주의 소륜선국으로부터 월병을 보내와 나의 생신을 축하하며
장인의 정신이 둥근 달과 같이 가득하기를 바란다고 말하였다. 이에 시를 지어 부치다
··· **196**

十八日 赴屠歸甫招 至常州 明日同歸甫觀蘇東坡古宅 십팔 일에 도귀보의 부름
에 나아가 상주에 이르러 다음날에 귀보와 함께 소동파의 고택을 관람하다 ··· **198**

同屠敬山 赴莊茂之菊花大會之招 도경산과 함께 장무지의 국화모임 초대에 나아
가다 ··· **199**

將歸南通 留贈歸甫 장차 남통으로 돌아가 귀보에게 보내며 ······················ **200**

附答詩 / 歸甫 귀보의 답시를 부록한다 ··· **201**

余之在常州 呂博山誠之爲余置酒 招屠敬山童伯章莊通伯李滌雲以助歡 追
賦其事以謝之 내가 상주에 있을 때에 여박산이 나를 위해 술을 마련하고 도경산,
동백장, 장통백, 이척운을 불러 기쁨을 돋구게 하였다. 그 일을 추억하여 시를 지어
감사를 드리다 ·· **202**

雜贈常州同遊 상주에서 함께 노닐던 이들에게 주노라 ···························· **204**

余往與屠歸甫呂博山諸人 訪唐荊川故居所謂半園者 今園主錢君 亦文士而

適出未遇 諸人勸以一詩贈之故有作 내가 가서 도귀보, 여박산 등 여러 사람과 당형천의 고거 즉 소위 반원이라는 곳을 방문하였다. 지금의 정원 주인 전군도 역시 문사인데 마침 밖에 나가서 만나지 못하였다. 여러 사람들이 시 한수를 지어 주라고 권유하여서 짓는다 ······ **206**

徐氏梅花山館 贈塾師達繼聯三首 서씨의 매화객관에서 숙사 달계담에게 3수를 보내며 ······ **206**

【丙辰稿】(1916년)

寄河茂才 하무재에게 부치며 ······ **208**

和沈耻堂相輻 심상복에게 화답하노라 ······ **209**

遙題文壽峰章之新築廣居堂 멀리서 문수봉이 새로 지은 광거당에 쓰다 ······ **210**

酬許卯園 허묘원에게 화답하며 ······ **213**

和柳生 류생에게 화답하며 ······ **213**

寄趙復齋 조복제에게 보내며 ······ **214**

昇平二弟歌 승평 두 동생의 노래 ······ **214**

晚夏 題水木明瑟亭 有懷嗇翁叅政 凡七首 늦은 여름에 수목명슬정에 제하여 쓰며 색옹의 참정을 그리워하다. 모두 7수이다 ······ **216**

清道 芮大塤 求詩文 作此二首塞之 청도 예대훈이 시문을 구하기에 이 두수를 지어 주었다 ······ **219**

姜梅山自上海寄詩 奉和 강매산이 상해에서 시를 보낸데 화답하여 ······ **219**

和嗇翁石壁仙人歌二首 색옹의 석벽선인가에 화답하는 2수 ······ **220**

和嗇翁林溪精舍詩 색옹의 임계정사시에 화답하며 ······ **223**

後隱翁辭壽歌 후은옹의 사수가 ······ **224**

孫膵蝮有詩題拙集 用其韻和之 손취원이 나의 문집에 시를 써준 것이 있어 그 시에 차운하여 화답하노라 ······ **225**

【丁巳稿】(1917년)

嗇翁招余飮林溪精舍 旣而作詩述其事 有和 색옹이 나를 초청하여 임계정사에서

마셨다. 이어서 시를 지어 그 일을 기술하였기에 화답하였다 ······················ **227**

酬沙健菴翰林元炳 사건암에게 화답하며 ······················· **228**

次韻薔翁見贈 색옹이 보내온 시에 차운하며 ······················· **229**

薔翁原韻 색옹의 원운 ······························· **230**

薔翁大修奎星樓 改名曰中公園 令李小湖陳峙西二生 分畫梅松於園亭壁 索
題 색옹이 규성루를 크게 보수하고 중공원으로 이름을 고치고 이소호, 진시서 두 사람으
로 하여금 각각 매화와 소나무를 정자의 벽에 그리게 하고 나에게 시를 구하였다
······························ **231**

酬費範九師洪見贈 비범구가 보내온 시에 화답하며 ················ **232**

哀沈友卿 심우경을 애도하며 ·································· **233**

爲錢浩哉壽其大人九皐翁七十 전호재가 그의 부친 구고옹의 칠순을 축수한 것을
위하여 ································ **234**

題曹韋堂詩草 조위당의 시초에 제하노라 ················ **235**

梅花館夜飲席上 贈塾師王鶴儔 매화관에서 밤에 마시며 술상에서 숙사 왕학주에게
주노라 ·································· **236**

寄贈李忠道 이충도에게 보내노라 ························· **238**

【戊午稿】 (1918년)

悼張敬孺 장경유를 애도하며 ···························· **239**

題焦東山民傳後 초동산민전후에 제하며 ···················· **239**

贈錢浩哉 전호재에게 ································ **240**

贈朴南坡 박남파에게 ································ **241**

和李耕齋保卿 이경재에게 화답하다 ······················ **242**

余長子光濂 旣已繼伯兄 而去年又失少子光續 故謀嗣于三從弟士元 士元果
以其第二子煥杓許之 余乃改其名曰光高 而字之曰景賫 盖庶幾其光顯我
高祖之所大賫也 因寄士元以謝厚意 나의 장자 광렴이 이미 큰 형님에게 양자로
들어갔는데 작년에 또 작은 아들 광속을 잃었다. 그리하여 대를 이을 아들을 삼종제
사원에게 구하였더니 사원이 과연 그의 둘제 아들 환표로 허락하였다. 이에 내가 그의
이름을 광고로 고치고 자를 경자로 하였다. 대체로 우리 조상의 큰 하사를 밝게 드러내
기를 바라는 것이다. 이에 사원에게 글을 부치며 그의 후의에 감사하노라 ····· **243**

贈丁介石 정개석에게 ······ **244**

八月二十日 士元率光高至南通 志慶示光高 20일 사원이 광고를 데리고 남통에 이르러 기쁜 뜻을 광고에게 보여주었다 ······ **246**

和顧昂千五十生朝咏懷 고앙천의 50세 생신에 회포를 읊은 시에 화답하며 ·· **247**

聞族姪重吉好詩 寄贈拙著數種 족질 중길이 시를 좋아한다는 말을 듣고 나의 저서 몇종을 보내주었다 ······ **248**

家姪光鉉來省喜賦 조카 광현이 와서 기뻐 읊노라 ······ **248**

爲丹徒吳季農 寄塵兄弟 題其母林太夫人所作秋窓課讀詩十章後 단도 오계 농, 오기진 형제가 그들의 모친 임대부인에게 지어준 '추창과독시' 열 수 뒤에 쓰노라 ······ **250**

以韶濩堂集寄贈外孫李賢在 因有述懷 소호당집을 외손 이현재에게 보내며 회포를 적다 ······ **251**

朴石堂挽 박석당에 대한 만사 ······ **252**

金山生壙歌 금산생광가 ······ **253**

寄浙江蔣孟潔 절강의 장맹결에게 보내노라 ······ **256**

寄贈寄園崔進士 최기원에게 부치며 ······ **258**

贈陳兵官延祥 진연상에게 주노라 ······ **258**

除夕前一日 謝退翁歲饋 제석 하루 전날 퇴옹이 보내온 음식에 감사드리며 · **259**

【己未稿】 (1919년)

爲曹仲謹 題其弟子所新建鼎山書室 조중근을 위하여 그 제자가 새로 지은 정산서 실에 삼가 시를 짓노라 ······ **260**

題河叔亨龜岡精舍 하숙형의 귀강정사에 제하노라 ······ **260**

寄張順侯三首 장순후에게 3수를 보내다 ······ **262**

韓主事自燕京寄書相問 感舊有贈 한주사가 북경으로부터 편지를 보내어 문안하기에 지난 일을 생각하며 써주다 ······ **263**

酬陳生修定 진수정에게 화답하노라 ······ **264**

送修定歸絲漁港 수정을 귀사어항에 전송하며 ······ **265**

八月一日 嗇翁以余七十 置酒城西觀萬流亭 招而壽之 崑山方惟一張景雲 如皐管石臣 本縣曹勛閣皆在座 而翁之子孝若亦與焉 翁出二律屬和一座

旣歸用其韻和而謝之 8월 1일에 색옹이 내 나이 일흔을 맞아 성서관 만류정에 술을 준비하고 불러서 축하하니 방유일과 장경운과 관석신과 조훈각이 모두 자리하고 옹의 아들 효약도 또한 참석하였다. 옹이 두 율을 내놓고 화답하기를 부탁하니 한 좌석이 이미 돌아갔다. 그 운을 써서 화답하여 사례하다 ··· 267

周方伯子迪挽 주자적의 만사 ··· 269

贈張景雲 장경운에게 ··· 269

贈鄭澤庭 정택정에게 ··· 271

次八卦亭贖修韻 팔괘정 속수운에 차운하다 ·· 272

寄贈從姪子德 사촌 조카 자덕에게 보내다 ·· 272

謝錢浩齋餽橘 전호재가 귤을 보내준 것에 감사드리다 ····················· 273

十月望生日 岳婿夫妻 同其內外族戚來壽七十 走筆志懽 10월 15일 생일에 사위 부부가 내외 족친들과 함께 와서 나의 70 생일을 축하하였다. 글을 써서 기쁨을 표시한다 ··· 274

修定以猪酒來壽 賦以謝之 수정이 맷돼지 고기로써 축수하니 시를 지어 사례하다 ··· 274

題李持平石川亭 用其舊韻 이지평의 석천정에 시를 쓰며 전에 썼던 운을 사용하다 ··· 275

悼張景雲 장경운을 추모하며 ·· 277

遙題費範九澹遠樓 멀리서 비범구의 담원누각에 제하노라 ··············· 278

【庚申稿】(1920년)

上巳日 嗇翁招飮觀萬流亭 旣飮 令所建伶工學社童子數十人唱歌 作詩促和 歸後用其韻和之 상사일에 색옹이 술자리에 초대하여 만류정을 구경하게 하였다. 술을 마시고 나서 그가 세운 악공과 학사의 동자 수십명으로 하여금 노래를 부르고 시를 지어 화답하게 하였다. 돌아온 후에 그 운을 사용하여 화답한다 ······ 280

寄蘇堪爲文壽峰崔寄園乞字 소감에게 보내어 문수봉과 최기원을 위하여 글을 구걸하다 ··· 281

贈王孟毓 왕맹육에게 ·· 281

聞孫兒晶基 至錦州 喜賦 손자 정기의 소식을 듣고 금주에 가서 기뻐서 시를 짓노라

·· 282

石又新邵大樗二少年攻詩之暇 共學琴於徐立孫 一日相與携琴過余 各操一
二弄 作此謝之 석우신 소대저 두 소년이 시를 배우는 여가에 함께 서립손에게 거문고
를 배웠다. 하루는 함께 거문고를 가지고 나를 찾아와 각기 한 두 곡조를 연주하였다.
이를 지어 감사드리다 ·· 283

謝慕逸以五律二首見贈 率和 사모일이 오언율시 2수로 선사하는 것에 감사하며 따라
서 화답하다 ··· 283

爲劉弘遠 和其大人小心齋翁新築雙岩亭詩 유홍원을 위하여 그의 부친 소심재옹
이 신축한 쌍암정 시에 화답하노라 ·· 284

雜贈翰墨林書局諸少友 한묵림서국의 여러 젊은 벗들에게 ····················· 284

爲範九題其大父德宣翁松下對月圖 범구를 위하여 그의 큰아버지 덕선옹의 송하대
월도에 시를 쓰노라 ·· 286

嗇庵參政爲退翁七十 招鄕老讌南公園 名曰觀千齡會 作絶句八首紀之 奉
和 색옹 참정이 퇴옹의 고회를 맞아 향로들을 초청하여 남공원에서 잔치를 열고 관천
령회라 이름하였다. 절구 여덟수를 지어 기록하기에 받들어 화답하다 ········· 287

贈馬小村 마소촌에게 ·· 290

錢浩齋送舟 要同游鄭澤庭半嶼園 余以感疾未應 述懷寄二君 전호재가 배를
보내어 함께 정택정의 반서원을 노닐자고 하였다. 내가 병에 걸려서 응하지 못하였다.
회포를 지어 두 사람에게 보내었다 ·· 291

哀周晉琦 주진기를 애도하며 ·· 292

【辛酉稿】 (1921년)

贈陳保之 진보지에게 ·· 293

去年 陳修定見余孫晶基愛之 請以其女作配 余感而諾之 三月十三日 行納
采禮 錢浩哉費範九二君爲之作媒 作此謝之 兼屬修定 지난해에 진수정이
내 손자 정기를 보고 사랑하여 그 딸과 혼인하기를 청하거늘 내 감사히 허락하니 삼월
십삼일에 납채례를 행하였다. 전호재, 비범구 두 사람이 중매를 하였다. 이를 지어
사례하고 겸하여 수정에게도 부치다 ··· 293

題陳元基西園二十咏卷 진원기의 서원 이십영권에 제하다 ····················· 294

送陳大令劭吾歸如皐 진소를 보내고 나는 여고로 돌아왔다 ·················· 295

曹公亭歌 爲費範九作 비범구를 위하여 조공정가를 짓노라 ·················· 296

九月 安總長昌浩念余衰老 携牛肉來餉 談次道及尹次長顯振之夭 旣別作此
寄之 因悼尹君 9월에 안총장 창호가 내가 몸이 쇠약한 것을 생각하여 쇠고기를 가
지고 와서 대접하려던 차에 도우 윤차장 현진이 요절했다는 비보를 듣고 윤군을 애도
하여 이 시를 지어 부치노라 ·················· 298

聞鴈 기러기 소리를 듣고 ·················· 299

開城文筆峯僧人謂之極樂峰謠 개성의 문필봉 노래 ·················· 299

贈江 강에 부치노라 ·················· 301

寄金參奉元培 兼贈林主事晃植 김원배에게 보내고 겸하여 임황식에게 주다 ··· 301

十月二十一日 往上海勞省齋李公始榮 公爲之置酒 其老友朴白菴殷植 僚佐
朴贊翊 趙琓九申翼熙及從遊士黃中顯諸君子 皆與在座 旣歸感賦却寄 10월
21일에 상해로 가서 성재 이시영을 위로하니 공이 주연을 베풀었다. 그 친구 박백암,
동료 박찬익, 조완구, 신익희 및 교유하고 있는 황중현 등 여러 사람들이 모두 자리에
있었다. 이미 돌아와 감사의 시를 지어 문득 부치다 ·················· 302

謝錢浩哉餽米 전호재가 쌀을 보낸 것에 감사를 드리다 ·················· 304

謝丁茂才鳳泰贈錦枕 정봉태가 금침을 준 것에 사례하다 ·················· 305

寄題權景韶鳳洙所居芝村書堂 권봉수가 사는 지촌서당에 시를 써서 보내노라
·················· 307

謝申總長圭植西曆新年之問 신규식의 양력 설날 문안에 사례하다 ·················· 307

追謝雩南李公求拙著 우남 이공이 졸저를 요구하는데 감사드리며 ·················· 308

謝退翁歲饋 퇴옹이 새해에 물건을 보내줌에 사례하다 ·················· 309

【壬戌稿】(1922년)

光鉉偕孫生應天得和至 喜而賦贈 幷及孫生 광현이 손생 응천 득화와 함께 오니
매우 기뻐서 시를 지어 손생에게도 아울러 주노라 ·················· 310

光鉉道其友李丹宇容汝卜居之佳 急人之美 且道其嗜玩拙著 感而有贈 광현
이 그의 벗 이단우의 복거하는 훌륭함과 남의 위급함을 도와주는 아름다운 성품을
말해주었고 또 그가 나의 졸저를 감상하기 좋아한다고 말하였다. 이에 느낀바 있어

시를 지어 준다 ·· 311

屠敬山挽 도경산에 대한 만사 ··· 312

補遺

將赴庭試 渡臨津江作 장차 정시로 나아가 임진강을 지나며 짓노라 ············ 314

朝入彩霞洞 아침에 채하동에 들어가며 ································ 315

送沈醒淵歸江陵 심성연이 강릉으로 돌아가는 것을 보내며 ·················· 315

嗚呼賦 오호부 ·· 319

3권   신채호 산문집

해제: 민족의 혼을 깨우친 큰 가르침·김호웅 … 17

評論 · 宣言 · 論說

近今 國文小說著者의 注意 … 39

文藝界 靑年에게 參考를 求함 … 41

浪客의 新年漫筆 … 46

朝鮮革命宣言 … 55

宣言文 … 65

遇(愚)公移山論 … 68

保種·保國의 元非二件 … 70

日本의 三大忠奴 … 72

일본의 큰 충노 세 사람 … 74

興友人絕交書 … 77

친구에게 절교하는 편지 … 81

大韓의 希望 … 86

歷史와 愛國心의 關係 … 94

誠力과 功業 … 102

大我와 小我 … 104

큰 나와 작은 나 … 109

東洋主義에 對한 批評 … 113

所懷 一幅으로 普告同胞 … 116

文法을 宜統一 … 118

畿湖興學會는 何由로 起하였는가 … 120

舊書刊行論 … 122

國民·大韓 兩魔頭上 各一捧 … 127

帝國主義와 民族主義 … 130

靑年學友會 趣旨書 … 131

二十世紀 新東國之英雄 … 132

學生界의 特色 … 137

儒敎擴張에 對한 論 … 139

惜乎라, 禹龍澤氏의 國民·大韓 兩魔報의 鷹犬됨이여 … 141

失敗者의 神聖 … 143

金錢·鐵砲·咀呪 … 146

新敎育(情育)과 愛國 … 150

道德 … 154

利害 … 161

思想家의 勢力을 要求하는 때 … 167

問題 없는 論文 … 170

豫言家가 본 戊辰 … 175

天喜堂詩話 … 182

國漢文의 輕重 … 197

國文의 起源 … 201

國文硏究會 委員諸氏에게 勸告함 … 202

小說家의 趨勢 … 204

大韓新民會 趣旨書 … 205

聲討文 … 209

警告 儒林同胞 … 213

儒教界에 對한 一論 … 216

英雄과 世界 … 218

機會는 不可坐待 … 221

國粹保全說 … 223

許多古人之罪惡審判 … 225

愛國 二字를 仇視하는 教育家여 … 228

國家를 滅亡케 하는 學部 … 230

德·智·體 三育에 體育이 最急 … 234

西湖問答 … 236

家族教育의 前途 … 248

國家는 卽 一家族 … 250

同化의 悲觀 … 252

身·家·國 三觀念의 變遷 … 254

我란 觀念을 擴張할지어다 … 258

精神上 國家 … 260

思想變遷의 階級 … 262

打破 家族的 觀念 … 264

國民의 魂 … 267

舊書蒐集의 必要 … 269

書籍界 一評 … 272

隨想

大黑虎의 一夕談 … 354

神仙의 頭를 斬하여 … 356

修養은 濁界부터 … 358

八月 二十九日 演草 … 359

4권 항일가요 및 기타

항일혁명가요의 수집과 출판에 대하여·최삼룡 … 21

제1편 중국에서 수집한 작품

가정가 … 37

간도토벌가 … 38

감추가(感秋歌) … 39

결사전가 … 40

결사전가 … 41

결혼가 … 43

고향리별가 … 44

고향리별곡 … 45

공청가 … 46

9·18사변가 … 46

국제아동가 … 48

기민투쟁가 … 48

나의 가정 … 49

녀자해방가 … 50

녀자해방가 … 51

농민가 … 52

농민자탄가 … 53

농부가 … 55

동북인민혁명군가 … 56

락화류수 … 57

레닌탄생가 … 58

로동자가 … 59

륙대주 … 60

리혼가 … 60

만주혁명가 … 61

망명자의 노래 … 62

망향가 … 63

망향가 … 64

무산자의 노래 …177

미나리 타령 …177

바다의 용사 …178

방아타령 …179

배사공의 안해 …179

선전대 대가 …180

새사회 주인 …180

애민가 …181

어둠을 뚫고 …182

우리는 조선의 전사 …182

우리 영광 끝없네 …183

의렬단 단가 …184

인민무장의 노래 …185

자장가 …186

자장가 …186

자유는 빛난다 …186

전가 …187

조국 향해 나가자 …188

조선의 노래 …188

조선의용군가 …189

조선의용군 송가 …189

조선의용군추도가 …190

조선의용군행진곡 …190

팔로군과 의용군 …191

한강의 노래 …192

합창대 대가 …192

혁명가 …193

혁명가 …194

호메가 …194

고향수심가 …195

9·18기념가 …196

그리움 …197

나물 캐는 노래 …197

농촌쏘베트 …198

단풍가을 …200

달밤 …200

도리영춘(桃李迎春) …200

동북반일청년의용군가 …201

동북보안군 …202

동북항일련군 군가 …203

련군옹호가 …203

로영의 노래 …204

마지막 피 한방울 …205

만주지옥 …206

만회가 …207

모범학교소년가 …207

미흔진 …208

백두산아리랑 …209

뱃놀이 나가자 …210

붉은 기발 높이 들자 …211

붉은기 휘날리네 …211

사나이장담가 …212

사철멸적가 …213

사철유격 …214

소년단의 노래 … 216

소년장담가 … 216

송별가 … 217

송화강변 … 217

송화강물 흘러흘러 … 218

송화강아리랑 … 219

싸우자 … 219

싸움이 붙었다 … 220

안중근을 추모하며 … 221

오월일일 로동절 … 222

왜놈을 몰아내리라 … 222

용진가 … 223

우리네 동북을 사랑합시다 … 223

우정 … 224

유격대가 … 225

자유의 노래 … 226

잘 있거라 다시 만나자 … 227

전기가 … 229

전동북 공, 농, 병, 학 단결합시다
　　… 230

제3로군성립 기념가 … 230

종군가 … 232

중조민족단결항일가 … 232

중족민족련합항일가 … 233

중국 조선 잇대였다 … 234

진군가 … 234

청년행진곡 … 235

항일련군 사철가 … 236

항일련군 찾아서 … 237

항일련군 환영가 … 237

항일의 전선으로 … 238

혁명가 … 239

혁명군의 노래 … 240

혁명열두달 … 240

혁명을 찾는 길 … 242

환영가 … 243

감추가(感秋歌) … 244

감탄가 … 245

江山의 자랑 … 245

군량가 … 246

나비가 … 247

렬사들의 피어린 발자욱 따라 … 247

로동운동가 … 248

望鄕歌 … 249

미세 당기세 … 250

방랑의 노래 … 250

봄이 왔네 … 251

不自然歌 … 251

붉은 꽃 … 252

송화강반 … 253

승전가 … 253

수학가(修學歌) … 253

영용한 소년영 … 254

우리는 반석유격대 … 255

제2편 한국에서 수집한 작품

안사람 의병노래 … 297

애달픈 노래 … 298

용병가 … 299

의병군가 … 300

의병격중가(義兵激衆歌) … 301

의병노래 … 302

의병창의가 … 303

의병창의가(義兵倡義歌) … 304

가을의 송가 … 305

감동가 … 305

거국가 … 307

거름인 독립군 … 308

거북선가 … 309

고난의 노래 … 310

광복군가 … 310

광복군 늴리리야 … 311

광복군 돌진가 … 312

광복군 맹진곡 … 313

광복군 석탄가 … 313

광복군 아리랑 … 315

광복군 제1지대가 … 316

광복군 제2지대가 … 316

광복군 제3지대가 … 317

광복군 지하공작대가 … 318

광복군 항일 전투가 … 318

광복군 행진곡 … 320

광야의 독립군 … 320

국치가 … 321

국치가 … 322

국치 추념가(國恥追念歌) … 323

기상나팔 … 323

기전사가(祈戰死歌) … 324

남만학원가 … 325

님생각 … 326

님 찾아 가는 길 … 327

대한의 노래 … 327

대한청년 학도가 … 328

독립군가 … 329

독립군가 … 330

독립군 모자가 … 333

독립군의 분투 … 333

독립군 추도가 … 334

독립군 행진곡 … 335

독립군 행진곡 … 336

독립운동가 … 337

독립운동가 … 338

독립지사의 노래 … 338

독립지사의 노래 … 339

동지의 노래 … 340

망향가(望鄕歌) … 340

망향곡(望鄕曲) … 341

망향곡 … 343

모란봉 … 344

모자가(母子歌) … 345

병식행보가(兵式行步歌) … 346

병정타령 … 346

봉기가 … 347

부모은덕가 … 347

봄의 송가 … 348

불합리가 … 349

사막가 … 349

사향가 … 350

3·1절 노래 … 351

3·1절 노래 … 352

3·1행진곡 … 353

상봉가 … 354

선봉대가 … 355

선열 추념가 … 355

세기 행진곡 … 357

소년군가 … 358

소년모험맹진가 … 358

소년행진곡 … 359

송별의 노래 … 360

손국오열사가 … 361

순국용사 추모가 … 362

승기가(昇旗歌) … 363

신출발 … 363

신흥무관학교 교가 … 364

신흥학우단가 … 365

아리랑 강남 … 367

아버지를 찾아서 … 367

압록강을 건넌 노래 … 368

압록강 행진곡 … 369

앞으로 갓 … 370

앞으로 행진곡 … 371

애국지사의 노래 … 371

어린이 노래 … 372

여명의 노래 … 373

용사의 노래 … 373

용진가 … 374

우리 나라 어머니 … 376

운동회 응원가 … 376

유랑의 노래 … 377

이등도살가(伊藤屠殺歌) … 378

이향가(離鄕歌) … 380

자유가 … 380

작대가(作隊歌) … 381

장검가(長劍歌) … 383

작별의 노래 … 384

재만동포 조위가(弔慰歌) … 385

전진가 … 385

전우 추모가 … 386

전우 환영가 … 387

조국 행진곡 … 388

지평선의 노래 … 389

진군나팔 … 390

철권아(鐵拳兒)들아 … 390

최후의 결전 … 391

5권   현대시

현대시

함영기(咸永基) … 88

김동가(金東嘉) … 89

우중화(禹重華) … 90

송민(松民) … 91

리석(李石) … 93

소성(蘇星)(4수) … 94

리정원(李廷源) … 99

김규은(金圭銀) … 100

김병기(金炳基) … 103

정재홍(鄭載洪) … 104

박종훈(朴宗勳) … 106

환원(桓園) … 107

한종섭(韓宗燮) … 108

리홍석(李洪錫) … 109

박팔양(朴八陽) … 110

김달진(金達鎭) … 113

류치환(柳致環) … 117

송철리(宋鐵利) … 146

윤해영(尹海榮) … 173

김북원(金北原) … 194

함형수(咸亨洙) … 203

천청송(千靑松) … 210

조학래(趙鶴來) … 236

손소희(孫素熙) … 259

신상보(申尙寶) … 269

장기선(張起善) … 276

리수형(李琇馨) … 282

남승경(南勝景) … 289

채정린(蔡禎麟) … 296

리호남(李豪男) … 299

리포영(李抱影) … 306

리달근(李達根) … 313

설령(雪嶺) … 322

한죽송(韓竹松) … 325

윤군선(尹君善) … 328

무아(無我) … 334

리인상(李仁尙) … 337

김동식(金銅植) … 340

리영산(李影山) … 343

박린형(朴麟炯) … 347

권녕화(權寧和) … 349

홍영의(洪永義) … 352

정광야(鄭曠野) … 355

한해룡(韓海龍) … 357

안형준(安亨浚) … 359

리정기(李正基) … 362

김추영(金秋瀅) … 364

백향(伯鄕) … 368

백삼(白森) … 370

리길생(李吉生) … 372

박상훈(朴相勳) … 375

한얼生 … 377

김춘하(金春霞) … 381

김악(金嶽) … 386

림백호(林白虎) … 388

장응두(張應斗) … 398

리향엽(李香葉) … 400

김성(金星) … 403

채백홍(蔡白虹) … 407

리순보(李順輔) … 409

허리복(許利福) … 411

리성홍(李聖洪) … 413

이당(夷堂) … 416

김경락(金京洛) … 418

박천석(朴千石) … 421

조연현(趙演鉉) … 423

로월(蘆月) … 426

장관규(張觀奎) … 428

윤지현(尹知鉉) … 430

장인석(張仁錫) … 432

홍순영(洪淳瑛) … 434

박우천(朴宇天) … 437

리고봉(李孤峰) … 438

리촌(李村) … 439

리규연(李奎燃) … 440

리경희(李京禧) … 441

강택림(姜澤淋) … 442

한수옥(韓洙玉) … 443

박갑조(朴甲祚) … 444

최석례(崔碩禮) … 445

최인욱(崔仁旭) … 446

최분옥(崔粉玉) … 447

최재철(崔在哲) … 448

계수(桂樹) … 450

박정호(朴定鎬) … 451

성기○(成耆○) … 453

김립(金笠) … 455

최종식(崔宗植) … 456

월향 … 457

북성(北星) … 458

S. S. Y … 461

송석영(宋石礫) … 463

김수돈(金洙敦) … 464

리철준(李喆俊) … 465

정야야(鄭野野) … 467

송수천(宋秀天) … 468

로정원(盧靜園) … 471

강욱(姜旭) … 472

극언(克彦) … 473

신동철(申東哲) … 474

황민(黃民) … 475

백민(白民) … 481

김덕빈(金德彬) … 483

허민(許民) … 484

리해관(李海寬) … 485

마명(馬鳴) … 486

장만영(張萬榮) … 487

렴홍운(廉鴻運) … 488

문원흡(文元洽) … 489

윤재도(尹載道) … 490

리응진(李應辰) … 491

심련수(沈連洙) … 493

김례삼(金禮三) … 536

설인(雪人) … 553

채택룡(蔡澤龍) … 601

현남극(玄南極) … 608

려희원(呂熙圓) … 612

박근식(朴根植) … 614

박노을(朴老乙) … 615

박동병(朴東秉) … 617

박귀송(朴貴松) … 618

신활(申活) … 620

김룡수(金龍洙) … 623

최순옥(崔順玉) … 624

정명석(鄭明錫) … 628

김인균(金仁均) … 630

정해(靜海) … 632

김서영(金曙影) … 635

리창섭(李昌燮) … 637

리우석(李牛石) … 639

송청천(宋靑天) … 641

광포생(廣浦生) … 642

림석주(林石舟) … 644

렴호렬(廉浩烈) … 646

리록당(李綠堂) … 648

임효원(任曉遠) … 649

6권 김조규 · 윤동주 · 리욱

김조규 편

◉ 김조규의 해방전 시세계 … 21

戀 心 … 49

歸省詠 … 50

검은 구름이 모일 때엽 … 50

廢墟에 비친 가을 夕陽이여 … 51

붉은 해가 나래를 펼 때 … 52

한방울의 눈물이 貴하거든 … 54

땅덩어리가 깨여질 것을 … 55

處女들이여 춤을 추라 … 57

[散文詩] … 58

이날도 저들의 가슴엔 … 58

어버이 잃은 당신 가슴이 … 60

懷鄕曲 … 61

달빛 흘으는 浦口의 밤 … 62

故鄕에 숨은 노래 … 63

어머니와 아들 … 65

소(牛) … 66

가을의 嘆息 … 67

이날의 農村은 … 68

누이야 故鄕 가면은 … 70

좀 먹는 時代의 廢物이여 … 71

歸鄕者 … 73

祭司長이여 祭司長이여 … 74

無名鳥 … 75

離別 … 76

제비 … 77

喇叭소리 … 79

밤마다 흩어진 마음을 안고 … 80

六月頃 … 81

湖水 … 82

農家의 黃昏 … 83

片紙函 의 꽃잎 … 84

三春泣血 … 85

山間有懷 … 86

故鄕을 잃은 사람 … 87

黃昏의 거리 … 88

梧桐잎 … 90

新年頌 … 91

겨울 … 92

初春村景 … 93

詩二篇 … 94

街路樹 … 95

寂寥 … 97

戀慕 … 98

風景畵 … 99

五月의 憂鬱 … 99

風景畵 … 100

藏書없는 書齋에서 季節의 나히를
헤여보리라 … 101

가을 十月 … 102

灰色의 譜表 … 103

마음의 七絃琴 … 105

다시 北으로 … 107

素描 … 108

素描續篇(上) … 109

素描續篇(中) … 109

素描續篇(下) … 110

水仙花 … 111

蒼白한 市外路 … 112

黃昏의 心像 … 113

한 식료품 상점 앞에서 … 114

어느 한 결혼식장에서 … 115

歸路 … 116

카페-'미스'조선에서 … 177

胡弓 … 178

밤의 倫理 … 179

病記의 一節 … 180

南方消息 … 181

葬列 … 181

南風 … 182

茶店 <알라라드> 2章 … 182

그 밤의 생명을 … 184

追憶의 바다가에서(短想詩篇) … 186

南湖에서(1) … 189

南湖에서(2) … 190

貴族 … 191

윤동주 편

◉ 윤동주 육필 시고 해제 … 195

◉ 1) 나의 習作期의 詩 아닌 詩 … 208

초한대 … 208

삶과죽음. … 209

래일은없다. … 210

(童謠)조개껍질、 … 211

童詩 고향집 … 212

병아리 … 212

동요 병아리 … 213

오줌쏘개디도 … 214

동시 오좀 싸개지도(地圖) … 215

창구멍 … 216

짝수갑 … 216

기와장내외 … 217

(詩) 비둘기 … 217

離別. … 218

食券、 … 219

牡丹峯에서 … 219

黃昏 … 220

黃昏 … 221

가슴、1. … 221

가슴 … 222

가슴 2、 … 222

가슴 … 223

종달새 … 223

山上、 … 224

山 上 … 225

거리에서. … 226

空想、 … 227

空想 … 228

이런날 … 228

午後의球場 … 229

◉ 2) 두번째 원고노트≪窓≫ … 269

『窓』… 271

黃 昏 … 271

가 슴 … 271

가 슴 … 272

가 슴 … 273

山 上 … 273

陽 地 쪽 … 274

山 林 … 275

南 쪽 하 늘 … 276

빨 래 … 277

닭 … 277

-(가을밤)- … 278

谷 間 … 279

겨 을 … 280

黃昏이 바다가되여、… 280

밤 … 282

할아버지 … 282

장 … 283

風 景 … 283

달 밤 … 285

鬱 寂 … 285

寒暖計 … 286

그女子 … 287

夜 行 … 287

비 ㅅ 뒤 … 289

悲 哀 … 289

想 … 290

窓、… 290

바다、… 291

遺 言 … 292

詩 遺 言 … 293

山峽의午後 … 294

새로운길 … 295

새로운길 … 295

새로운 길 … 296

새로운 길[자선 시집에 수록] … 297

어머니、… 298

아 츰 … 299

소 낙 비 … 299

街 路 樹 … 300

비오는 밤、… 301

사랑의殿堂 … 302

異 蹟 … 303

아우의 印像畵. … 304

아우의 印像畵 … 305

코쓰모쓰 … 306

슯은族屬 … 307

「고추밭」… 308

毗盧峯 … 308

童謠、… 309

해바라기 얼골 … 310

애기의 새벽 … 310

山林(詩) … 356

黃昏이바다가되여(詩) … 357

慰勞 … 358

八福 … 359

慰勞 … 360

病院 … 360

못자는밤、 … 362

흐르는 거리. … 362

肝 … 363

懺悔錄 … 364

힌그림자 … 365

사랑스런追憶 … 3661

흐르는거리 … 367

쉽게씨워진詩 … 368

봄 … 370

리욱 편

건국전 리욱의 시세계 … 373

생명의 례물 … 385

봄비 … 386

눈 … 386

님찾는 마음 … 387

送年詞 … 388

無題 … 390

黎明 … 390

百年夢 … 391

躑躅花 … 392

바위 … 393

바위 … 394

금붕어 … 394

샘 … 395

봄꿈 … 396

月夜梵鐘 … 397

鏡泊湖 … 397

浦口의 봄아침 … 398

公園 … 399

捷報 … 400

血痕에 핀 꽃 … 401

땅 … 402

나의 노래 … 404

五月 … 404

落葉 … 405

별 … 406

鬪魂 … 407

驛馬車 … 408

印象 … 409

豆滿江에 묻노라 … 411

帽兒山 … 417

7권 신채호·주요섭·최상덕·김산의 소설

해제: 중국체험을 통한 작품세계의 구축·일철 … 15

신채호 편

龍과 龍의 大激戰 … 116

柳花傳 … 132

朴象義 … 174

李适 … 183

○○○ 府院君으로 犬子 … 198

九尾狐와 五帝 … 202

鐵馬 코를 내리치다 … 205

주요섭 편

치운밤 … 211

人力車軍 … 220

殺人 … 231

첫사랑값 … 239

최상덕 편

淨化 … 249

乳母 … 266

푸로手記 … 273

男子 … 281

洪君 … 286

罰金 … 300

고구마 … 304

火夫의 死 … 310

바보의 震怒 … 315

무엇째문에 … 325

樂園이부서지네 … 331

승방비곡 … 336

黃昏 … 556

蹂躪 … 565

靑春의 罪 … 581

푸레센트 … 587

死刑囚 … 592

舊痕 … 614

두번재ㅅ男子 … 628

追憶의 씨-슨 … 638

上海黃浦江畔의 散策 … 642

김산 편

기묘한 무기 … 647

8권　강경애

해제: 강경애와 그의 소설세계·전성호 … 13

단편소설

破琴 … 33

그 여자 … 45

월사금(콩트) … 54

父子 … 57

菜田 … 72

蹴球戰 … 80

有無 … 87

同情 … 95

母子 … 104

原稿料二百圓 … 113

解雇 … 121

煩惱 … 129

地下村 … 144

山男 … 180

장산곶 … 192

어둠 … 205

痲藥 … 221

검둥이 … 229

장편소설

어머니와 딸 … 241

소금 … 352

人間問題 … 395

부록 1: 수필

염상섭 씨의 논설 「명일(明日)의 길」을 읽고 … 669

양주동 군의 신춘평론 … 673

간도를 등지면서 … 676

커다란 문제 하나 … 686

간도의 봄 … 688

나의 유년시절(幼年時節) … 690

이역(異域)의 달밤 … 693

간도 … 695

두만강 예찬 … 697

2. 작가, 작품 년보 … 701

9권   현경준

해제: 현경준의 소설문학에 대한 리해·리광일 … 13

단편소설

激浪 … 31

젊은꿈의한토막 … 57

明日의 太陽 … 78

歸鄕 … 97

濁流 … 116

明暗 … 132

그늘진봄 … 161

별 … 171

出帆 … 188

寫生帖 −第二章− … 213

密輸 … 222

『벤쏘바꼬속』의 金塊 … 231

오마리 … 241

少年錄 −第一章− … 266

退潮 … 280

夜雨 … 298

첫사랑 … 328

寫生帖 −第二章− … 348

寫生帖 −第三章− … 351

길 … 361

중편소설

鄕約村 … 381

流氓 … 414

마음의 琴線 … 475

人生座 … 580

장편소설

선구시대 … 613

도라오는人生 … 615

부록 1 : 西伯利亞放浪記 [현경준] … 723

부록 2 : 나의 小說履歷 [현경준] … 743

부록 3 : 文學風土記(간도편) [현경준] … 748

부록 4 : 카페 '미스 조선'에서 [김조규] … 754

부록 5 : 현경준 년보 [리광일 정리] … 755

부록 6 : 현경준연구론저목록 … 758

10권   안수길

해제: 안수길과 그의 소설세계 · 김호웅 … 15

단편소설

붉은 목도리 … 55

장 … 57

牧畜記 … 63

圓覺村 … 77

土城 … 96

한여름밤 … 120

바람 … 125

富億女 … 133

車中에서 … 141

함지쟁이영감 … 146

四號室 … 152

새벽 … 177

새마을 −續새벽− … 216

중편소설

벼 … 263

장편소설

북향보(北鄕譜) … 319

부록 1 : ≪北原≫ 序 … 582

　　 2 : ≪北原≫后記 … 586

　　 3 : 龍井 · 新京時代 … 588

　　 4 : 안수길 년보(해방전) … 615

　　 5 : 안수길연구 론저 목록 … 617

11권　김창걸 · 최명익 · 박계주 외

김창걸 편

해제: 김창걸과 그의 소설문학 [권철] … 19

무빈골전설 … 31

수난의 한토막 … 49

두 번째 고향 … 59

스트라이크 … 83

최명익 편

박계주 편

해제: 박계주의 중국체험과 문학 [일철] … 423

人間祭物 … 429   無名之士의最後 … 523

母土 … 459   肉票 … 537

死刑囚 … 479   질라깨女人 … 556

乳房 … 500   處女地 … 559

乳房 … 506   개 … 583

딸따리族 … 515

부록 1. 朴啓周創作集 ≪處女地≫後記 … 586

　　　2. 박계주 년보 … 592

황건 편

해제: 지식인의 오뇌를 묘사한 소설 [김호] … 597

祭火 … 599   숨결 … 633

부록 황건략력 … 638

한찬숙 편

해제: 한찬숙과 ≪초원≫ [김호] … 641

草原 … 643

就職 … 673

신서야 편

12권   박영준

단편소설

장편소설

부록 1 : 수필

13권   김학철·김광주 외

김학철 편

해제: 중국조선족문학의 거목 – 김학철 … 17

아아、胡家莊 … 44

지네 … 51

담배 ㅅ 국 … 61

龜裂 … 80

韓斌 … 103

밤에 잡은 俘虜 … 110

南江渡口 … 127

傷痕 … 133

夜盲症 … 145

創作合評會 … 157

부록: 1. 在嚴峻的日子裏紀念胡家莊戰鬪十周年 … 170

2. 野梨樹屯的蜂起 – 長篇 ≪泛濫≫一部 … 192

3. 김학철 년보 … 220

김광주 편

해제: 김광주의 前期 小說 研究 … 229

長髮老人 … 242

밤이 깊어갈 때 … 255

鋪道의 憂鬱 … 267

破婚 … 275

南京路의 蒼空 … 288

野鷄 … 298

北平서 온 「令監」 … 314

부록: 1. 七月頌 … 330

2. 人生 … 331

3. 病床에서 … 333

4. 金光洲 年譜 … 335

『滿鮮日報』편

移民의 아들 … 341

十전짜리두닙 … 363

順産 … 369

思君舘 … 376

野菜商과 나 … 388

살여는사람들 … 393

아씨 … 399

수인의 안해 … 406

下宿 … 409

再出發 … 414

桂香이 … 436

부록: 1. 설 … 440

2. 藥水 … 445

3. 새길을 찾아서 … 447

4. 소골령 … 457

5. 앞으로 … 461

6. 그들의 길 … 469

14권　종합산문(1)

해제: 해방 전 조선족산문 개관·최삼룡 … 19

이준전(李儁傳) _ 김택영(金澤榮) ·· 55

안명근(安明根)의 사실을 쓰노라 _ 김택영 ································· 57

安重根傳 _ 김택영 ··· 58

滄江實記 _ 김택영 ··· 65

장지연간력 _ 김택영 ·· 66

이재명, 김정익의 사실을 쓰노라 _ 김택영 ······················· 68

일송정기 __ 김택영 ··· 69

칠의각기 __ 김택영 ··· 70

황주월파루 보수기 __ 김택영 ··· 72

백운정기 __ 김택영 ··· 73

병오년 5월 13일 한묵림인서국 연못에서 노닐며 __ 김택영 ·········· 74

痛言 __ 신규식(申奎植) ·· 75

北滿奧地旅行記 __ 김홍일(金弘日) ·· 112

志山海外旅行日誌 __ 정원택(鄭元澤) ·· 120

四年만의北京 __ 崔南善 ··· 135

上海서(第一信) __ 리광수(李光洙) ·· 138

上海서(第二信) __ 리광수 ·· 142

上海片信 __ 리광수 ·· 146

滿洲에서 __ 리광수 ·· 149

滿洲와 나 __ 춘원(春園) ··· 157

西湖水畔의 哀話 __ 현철(玄哲) ··· 158

西湖의밤 __ 리병기(李秉岐) ··· 163

長白山줄기를 밟으며 __ 박로철(朴魯哲) ·· 165

滿蒙踏査旅行記 __ 이정종(李鐘鼎) ··· 171

死線을 넘어선 그 時節―生死線上에빛인一縷의光明 __ 서춘(徐椿) ··· 191

馬賊에게 死刑宣告를 當한 瞬間馬賊에게死刑宣告를當한瞬間 __

　　리극로(李克魯) ··· 193

國境情調 __ 한설야(韓雪野) ··· 196

北國紀行 __ 한설야 ·· 201

萬壽山紀行 __ 한 야(韓 野) ··· 207

燕京의 여름 __ 한설야 ··· 215

天 壇 __ 한설야 ··· 230

瀋陽城을지나서 __ 주요섭(朱耀燮) ··· 241

一九二五年 五·卅 __ 주요섭 ·· **243**

北京雜感 __ 주요섭 ··· **245**

間島紀行 __ 김기림(金起林) ··· **251**

南北滿洲遍踏記 __ 함대훈(咸大勳) ··· **269**

滿洲벌을 向해 __ 김성진(金晟鎭) ··· **285**

間島風景 __ 강경애(姜敬愛) ··· **292**

間島를 등지면서 __ 강경애 ··· **295**

間島야 잘잇거라 __ 강경애 ··· **301**

꽃송이가튼첫눈 __ 강경애 ··· **303**

間島의 봄 __ 강경애 ··· **304**

나의 幼年時節 __ 강경애 ··· **306**

原稿첫朗讀 __ 강경애 ·· **308**

여름밤 農村의 風景 點點 __ 강경애 ··· **309**

異域의 달밤 __ 강경애 ··· **312**

間島 __ 강경애 ·· **314**

漂母의 마음 __ 강경애 ··· **315**

豆滿江禮讚 __ 강경애 ·· **317**

작자의 말 __ 강경애 ··· **320**

故鄕의 蒼空 __ 강경애 ··· **320**

우리집窓門—봄을맞는 __ 강경애 ··· **323**

漁村點描 __ 강경애 ·· **325**

陀佛山·C君에게 __ 강경애 ··· **334**

記憶에 남은 夢金浦 __ 강경애 ··· **335**

自敍小傳 __ 강경애 ·· **337**

藥水 __ 강경애 ·· **338**

내가 좋아하는 솔 __ 강경애 ··· **340**

廉想涉氏論說 __ 강경애 ··· **342**

朝鮮女性들의 밟을길 __ 강경애 ························· 346

梁柱東君의 新村評論 __ 강경애 ························· 348

커다란問題하나 __ 강경애 ····························· 349

張赫宙先生에게 __ 강경애 ···························· 351

滿洲紀行 __ 이태준(李泰俊) ···························· 354

間島에客이되어 __ 모윤숙(毛允淑) ····················· 371

海蘭江의追憶 __ 毛允淑 ····························· 375

北支見聞錄 __ 림학수(林學水) ························· 379

上海大戰回想記 __ 피천득(皮千得) ····················· 391

上海의 밤.〉 __ 김광주(金光州) ························· 395

上海의 겨울밤(街頭風景素描) __ 김광주 ················· 397

黃浦江畔에 서서 __ 김광주 ·························· 401

北平의秋夜月 __ 정래동(丁來東) ······················ 403

戰亂天津의春夜談 __ 정래동 ························· 405

南滿洲行 __ 李敦化 ······························· 407

上海惡夢 __ 홍양명(洪陽明) ·························· 420

哈市東滿間島瞥見記 __ 홍양명(洪陽明) ················· 424

大連星浦 __ 김태환(金煥泰) ·························· 432

遊滿雜記 __ 申基碩 ······························· 435

中國暗行記 __ 전무길(全武吉) ························ 447

滿洲走看記 __ 전무길 ····························· 491

上海의解剖 __ 상해우객(上海寓客) ···················· 503

上海로부터漢城까지 __ 천우(天友) ···················· 506

上海로부터金陵까지 __ 강남매화랑(江南賣畵郞) ··········· 514

上海의 녀름 __ 김성(金星) ··························· 524

國境을넘어서서 __ 朴봄 ···························· 529

南滿을단녀와서 __ 인인생(人人生) ···················· 532

上海에서 __ 신동기(申東起) ··· 536

上海夜話 __ 강성구(姜聖九) ··· 538

南國레포 __ 강로경(姜鷺卿) ··· 547

上海觀戰記 __ 여심생(餘心生) ····································· 550

滿洲旅行記 __ 춘해(春海) ·· 559

내가十八歲時節에 __ 박희도(朴熙道) ···················· 572

三人의朝鮮勇商人 __ 김병준(金秉濬) ···················· 573

그리운 間島 __ 박은혜(朴恩惠) ································· 574

哀愁의 하르빈 __ 홍종인(洪鍾仁) ···························· 575

哈爾濱夜話 __ 북국유자(北國遊子) ························· 582

겨울의 할빈 __ 최영수(崔永秀) ································ 586

哈爾濱의 밤 __ 최영환(崔永煥) ······························ 588

哈爾濱의 露人에미그란트 __ 리운곡(李雲谷) ······· 591

人間大地獄― 中國의 美人魔窟 __ 류불추(柳不秋) ·· 595

馬賊窟大秘密實見記 __ 김기종(金基鐘) ················ 599

天津아라베스크 __ 양운한(楊雲閒) ························· 605

奉天紀行 __ 신석신(辛錫信) ····································· 610

滿洲紀行 __ 김종근(金鍾根) ····································· 618

間島紀行 __ 랑재하(梁在廈) ····································· 624

滿洲紀行 __ 신영우(申榮雨) ····································· 639

北滿周遊記 __ 방건두(方建斗) ································· 654

15권　종합산문(2)

붓가는대로 __ 박팔양(朴八陽) ················· 21

生活과 文化 __ 려수(麗水) ··················· 22

歲色이薄如紗 __ 려수 ······················· 23

새絕對와 眞理 __ 김여수(金如水) ············· 24

두性格의 魅力 __ 김여수 ···················· 26

讀書餘談 __ 박팔양 ························· 27

우리가힘써배울세가지일 __ 박팔양 ············· 29

閑談客說 __ 박팔양 ························· 30

文學風土記—間島篇 __ 현경준 ··············· 33

新興滿洲人文 風土記—圖們篇 __ 현경준 ········ 40

편지 __ 현경준 ···························· 48

『마음의門을닷다』 __ 현경준 ················· 50

西伯利亞放浪記 __ 玄卿駿 ·················· 52

나의 小說履歷 __ 현경준 ···················· 73

哭韓竹松兄 __ 현경준 ······················ 78

『生活의歷史』 __ 현경준 ···················· 79

일기초 __ 현경준 ·························· 81

張鼓峯戰績見學記 __ 현경준 ················· 83

나의 地上 __ 황건(黃健) ···················· 89

할머니 __ 재건 ···························· 93

窓 __ 황건 ······························· 95

季節과함 不如歸第五 __ 황건 ················· 97

나의職場은宇宙 __ 김영팔(金永八) ············ 101

通化이구석저구석 __ 김영팔 ················· 103

片感片想 __ 박영준(朴榮濬) ··· 107

겨우사리 __ 박영준 ··· 112

쌰! __ 박영준 ·· 115

불 __ 박영준 ·· 116

骨相과 彩票 __ 박영준 ··· 118

잠못자는 이한밤 __ 조학래(趙鶴來) ·· 120

孤淚苦 __ 조학래 ·· 123

事故 __ 조학래 ·· 128

冬風賦 __ 조학래 ·· 130

處置室 __ 조학래 ·· 135

돈, 벗, 그老人 __ 조학래 ·· 138

放浪歌 __ 조학래 ·· 143

힘 __ 엄시우(嚴時雨) ·· 145

良心 __ 엄시우 ·· 147

哈爾濱의 外國情緒 __ 엄시우 ··· 149

哈爾濱市暗黑街探訪記 __ 엄시우 ·· 153

秋夕墓祭參觀記 __ 엄시우 ·· 159

外勤記者의하로 __ 엄시우 ·· 163

多事之秋 __ 송철리(宋鐵利) ·· 167

雪夜雜咀 __ 송철리 ··· 169

滿洲農民의俊勤默 __ 송철리 ·· 172

寂壁賦 __ 송철리 ·· 175

新興滿洲人文風土記−吉林篇 __ 청산청송(靑山靑松) ························ 180

눈나리는거리 __ 천청송 ·· 186

情熱之章 __ 천청송 ··· 188

寒夜記(上) __ 천청송 ·· 190

白墨塔序章 __ 김조규(金朝奎) ·· 192

어두운 精神 __ 김조규 ··· 194

新興滿洲人文風土記--龍井篇 __ 안수길(安壽吉) ···················· 196

春雪 __ 안수길 ··· 205

떠도는조각글 __ 손소희(孫素熙) ·· 207

貘에의 袂別 __ 손소희 ·· 209

萬一靈이있다면 __ 손소희 ·· 212

病窓漫筆 __ 김창걸(金昌傑) ··· 213

봄이 그립소 __ 김창걸 ·· 220

滿洲朝鮮文學과 作家의 情熱 __ 황금성(黃金星) ······················ 223

절필사 __ 김창걸 ·· 227

朝鮮人과 饒舌 __ 백석(白石) ·· 243

東滿의魔境·天險蜀道 __ 리학성(李鶴成) ································ 246

「獨淸」 __ 월촌(月村) ··· 254

扶老之嶺 __ 한찬숙(韓贊淑) ··· 257

業苦 __ 오장환(吳章煥) ··· 259

歸鄕記 __ 박용구(朴容九) ·· 261

글과 音樂과 __ 박용구 ·· 264

音樂을안다는것 __ 박용구 ·· 265

그래도조흔곳 __ 신영철(申瑩澈) ·· 268

榮興農村風土記 __ 신영철 ·· 271

憂鬱과 슬픔과 __ 신서야(申曙野) ··· 282

韓竹松兄의 訃音을 듯고 __ 申曙野 ······································ 284

鮮系開拓地風土記 __ 리갑기(李甲其) ···································· 286

新興滿洲人文風土記-奉天篇 __ 원변 랑아(原邊 浪兒) ··············· 295

西塔뒷골목--『갈비집』에서 __ 원변 랑아 ······························· 307

都市의面目을維持하라 __ 원변생(原邊生) ······························ 310

新興滿洲人文風土記-新京篇 __ 김일균(金日均) ······················· 312

奈落 __ 김우철(金友哲) ················· 473

淺春追憶 __ 전몽수(田蒙秀) ················· 476

春心 __ 전몽수 ················· 479

爐邊雜感 __ 장맹(張猛) ················· 481

爐邊記 __ 리규엽(李奎燁) ················· 484

봄그리는마음 __ 리규엽 ················· 491

鴛鳥記 __ 김태룡(金泰龍) ················· 493

默想錄 __ 김영일(金永一) ················· 497

京城素描 __ 정지일(鄭之一) ················· 500

滿洲的放浪記 __ 김용태(金容泰) ················· 503

初秋의 自然 __ 로정원(盧靜園) ················· 509

尋家記 __ 초형(楚荊) ················· 510

窮迫譚 __ 전영일(全榮一) ················· 515

滿洲의봄 __ 김이준(金伊俊) ················· 518

旅愁 __ 손귀봉(孫貴峰) ················· 520

瀋陽放談 __ 몽초(夢楚) ················· 524

맑은하늘 __ 문원흡(文元洽) ················· 526

哈爾濱斷想 __ 백하자(白下子) ················· 527

灰色煙氣 __ 박동철(朴東喆) ················· 529

四年前 __ 만주아(滿洲兒) ················· 532

보헤미안獨白 __ 남해운(南海雲) ················· 535

臘月卅日消息 __ 최기정(崔其正) ················· 537

河面記 __ 김광섭(金光燮) ················· 539

바다 __ 하서룡오(河西龍吾) ················· 543

幸福 __ 김득황(金得榥) ················· 544

大陸幻想曲 __ 박승극(朴勝極) ················· 546

歸鄕의 하로 __ 림천(林泉) ················· 549

記者生活今昔記 __ 김승현(金承鉉) ································ 551

夕陽 __ 춘초(春草) ··· 554

善惡의兩面과 生存競爭 __ 변아심(邊啞心) ··················· 555

달팽이의 발자욱 __ 백경(白鯨) ································ 557

疎信의 辯 __ 현암(玄嚴) ·· 559

靈峯을 찾고와서 __ 박순실(朴順實) ·························· 561

잠안오는밤을爲하야 __ 유일(唯一) ························· 564

「愛憎記」 __ 홍택룡(洪龍澤) ··································· 566

흐름 __ 고재기(高在騏) ·· 571

燕京遊記 __ 文章郁 ··· 573

北滿巡旅記 __ 안용순(安容純) ································· 581

16권 희곡집

해제: 중국 조선민족 연극 개황과 희곡문학 실황(이주~1949)·김운일 ··· 19

제1편 광복 전 희곡

1. 연극으로만 전해지는 주요한 작품 ···························· 39

　(1) 이주초기와 20년대 이전 작품 ·························· 39

　　민속극 《도깨비잡이》··· 39

　　《신가정》과 《미신타파》··· 40

　　《원흉(元凶)》··· 40

(2) 20년대부터 광복 전까지의 작품 ································· **41**

ㄱ. 적통치구에서 문인과 학생을 중심으로 한 대중연극작품 ········ **41**

≪안중근≫ ··· **41**

≪탕자회개(湯子悔改)≫ ··· **41**

≪백년의 공≫ ··· **41**

≪파랑새≫ ··· **42**

≪이상한 청년(怪靑年)≫ ··· **42**

≪이렇다!≫ ··· **43**

≪최후의 승리≫, ≪순애의 희생≫, ≪깬 목소리≫ ··· **44**

≪선악의 결과≫, ≪도박쟁이의 말로≫, ≪삼야종성(三夜鐘聲)≫
        ≪조혼(早婚)의 피해≫ ··· **45**

≪학우지정≫, ≪흑림의 주(珠)≫, ≪녀심(女心)≫ ··· **45**

≪형제사이≫ ··· **46**

ㄴ. 반일투사들이 창작·공연한 작품 ··································· **46**

≪경숙의 마지막≫ ··· **46**

≪야학으로 가는 길≫ ··· **47**

≪어디로 갈것인가≫ ··· **48**

≪민며느리≫ ··· **49**

≪남녀평등≫ ··· **49**

≪풍수쟁이≫ ··· **49**

≪지주와 머슴≫ ··· **50**

≪아버지의 뜻을 이어≫ ··· **51**

≪혁명가의 안해≫ ··· **51**

≪4·6제≫ ··· **52**

≪유언을 받들고≫와 ≪단심줄≫ ··· **53**

≪아버지와 남편을 찾는 사람들≫ ··· **53**

2. 주요한 희곡문학 작품 ⋯⋯⋯⋯⋯⋯⋯⋯⋯⋯⋯⋯⋯⋯⋯⋯⋯⋯ **74**

(1) 항일희곡문학 ⋯⋯⋯⋯⋯⋯⋯⋯⋯⋯⋯⋯⋯⋯⋯⋯⋯⋯⋯⋯⋯ **75**

혈해지창 ⋯ **75**

싸우는 밀림 ⋯ **92**

(2) 문인희곡문학 ⋯⋯⋯⋯⋯⋯⋯⋯⋯⋯⋯⋯⋯⋯⋯⋯⋯⋯⋯⋯ **106**

破天堂(全三幕) ⋯ **106**

郭僉知 사는 마을 ⋯ **114**

黎明前後(全3幕) ⋯ **140**

『리야王』(全二幕) ⋯ **167**

(3) 친일작품 ⋯⋯⋯⋯⋯⋯⋯⋯⋯⋯⋯⋯⋯⋯⋯⋯⋯⋯⋯⋯⋯⋯⋯ **173**

戱曲選當 ⋯ **173**

제2편 광복 후 희곡(1945~1949)

1. 연극으로만 전해지는 주요한 작품 ⋯⋯⋯⋯⋯⋯⋯⋯⋯⋯⋯ **197**

(1) 연변지구에서 공연된 작품 ⋯⋯⋯⋯⋯⋯⋯⋯⋯⋯⋯⋯⋯ **197**

≪해란강≫ 박노을 작 ⋯ **197**

≪풍장(風葬)≫ 박노을 작 ⋯ **197**

≪파몽기≫ 맹심 작 ⋯ **198**

≪딸 3형제≫ ⋯ **198**

≪해방의 종소리≫ 한계선 작 ⋯ **198**

≪에밀레종≫ ⋯ **199**

≪꼬맹이의 참군≫ 고철 작, ≪아침은 밝았다≫ 박노을 작,

≪동지구≫ 박노을 작, ≪파업≫ 박노을 작,

≪토성≫ 박노을 작 ⋯ **199**

≪밀림의 고백≫ 리한룡 작 ··· 210

≪붉은 태양이 솟아 오른다≫ ··· 211

≪북방에 종이 운다≫ ··· 211

≪기러기≫ ··· 212

≪참군≫과 ≪마지막 하나의 수류탄≫ ··· 212

≪태항산의 혈적≫ 최재 작 ··· 212

≪아름다운 마을≫ 김교성 작 ··· 213

≪광명≫ 황봉룡 작 ··· 213

(3) 통화지구에서 공연한 작품 ··· 214

≪리홍광≫ ··· 215

≪강제병≫ ··· 215

≪적 심장속에서의 투쟁≫ ··· 215

≪지뢰수 조성수 용사≫ 최득화 작 ··· 216

≪영예군인≫ 주선우, 최득화 작 ··· 216

≪민주련군이 오는 날≫ ··· 216

≪공작원≫과 ≪두개 만두≫ 최정연 작 ··· 217

≪창작원의 하루≫ 김우수 작 ··· 217

≪영광패≫ 김우수, 최정연 작 ··· 217

≪농부와 뱀≫ 주선우 최정연 작 ··· 217

2. 주요한 희곡문학 작품 ·· 219

血鬪 ··· 219

불길 ··· 259

너?! 이놈 ··· 274

동학으로 가는 길 ··· 324

대장동무의 명령은 내렸다 ··· 338

우리의 맹세 … 357

그 일훔(이름)을 지키자(전3막) … 372

힘끈(힘껏)싸우겠습니다 … 393

우리의 기쁨 … 414

17권 민요집

해제: ≪중국조선족문학대계≫ 17—≪민요집≫·최삼룡 … 23

제1부 로동요

농부가(1) … 33

농부가(2) … 34

농부가(3) … 35

농부가(4) … 36

농부가(5) … 37

어화 우리 농민들아 … 38

긴농부가 … 39

농사타령 … 40

상사소리 … 43

밭가리소리(1) … 44

밭가리소리(2) … 45

밭가리소리(3) … 45

단허리 … 46

모찌는 소리(1) … 47

모찌는 소리(2) … 47

모심는 소리(1) … 48

모심는 소리(2) … 49

모심는 소리(3) … 51

모심는 소리(4) … 52

모심는 소리(5) … 53

모심는 소리(6) … 53

모내기 노래 … 54

모내기타령 … 56

논김매는 소리(1) … 56

논김매는 소리(2) … 57

논김매는 소리(3) … 57

논김매는 소리(4) … 58

물푸는 소리 … 59

드레 소리 … 59

쇠스랑소리 … 60

메나리(1) … 61

메나리(2) … 62

메나리(3) … 64

메나리(4) … 64

메나리(5) … 65

메나리(6) … 65

호미타령(1) … 67

호미타령(2) … 68

호미타령(3) … 69

호미소리(1) … 70

호미소리(2) … 70

호미소리(3) … 72

벼 베는 소리 … 72

도리깨소리 … 73

도리깨타령(1) … 73

도리깨타령(2) … 74

옹헤야 … 75

보리타작 … 75

지게소리 … 76

새쫓는 소리 … 77

방아타령(1) … 78

방아타령(2) … 79

방아타령(3) … 80

방아타령(4) … 81

방아타령(5) … 82

방아타령(6) … 83

방아타령(7) … 83

방아타령(8) … 84

방아소리 … 86

물방아 … 87

물레방아 … 87

물방아타령(1) … 88

물방아타령(2) … 89

잦은 방아타령 … 90

사설방아타령 … 91

방아야 돌아라 … 92

보리방아 … 93

베틀가(1) … 94

베틀가(2) … 95

베틀가(3) … 96

베틀노래(1) … 96

베틀노래(2) … 97

베짜기 노래 … 98

베짜는 설음 … 99

비단타령 … 100

물레타령(1) … 101

물레타령(2) … 102

물레타령(3) … 103

물레타령(4) … 104

삼삼는 소리 … 105

삼삼이타령 … 106

다듬이소리 … 107

망질소리 … 107

배노래(1) … 108

배노래(2) … 109

배노래(3) … 110

배노래(4) … 110

배노래(5) … 111

배노래(6) … 112

배노래(7) … 113

배소리(1) … 114

배소리(2) … 116

사공소리 … 116

제주도배노래 … 118

배 띄여라(1) … 119

배 띄워라(2) … 120

봉죽타령(잦은 배따라기)(1) … 121

봉죽타령(2) … 122

연파만리 … 124

떼목군의 노래 … 125

풍구타령(1) … 126

풍구타령(2) … 127

풍구타령(3) … 129

풍구타령(4) … 130

풍구타령(5) … 131

풀무타령(1) … 132

풀무타령(2) … 133

풍구질 소리 … 134

톱소리 … 136

낫소리 … 136

어사영(1) … 137

어사영(2) … 138

나무 베는 소리 … 140

나무군 소리 … 141

지게소리 … 141

벌목가 … 142

목수타령 … 142

집일소리 … 143

물동이타령 … 143

단지타령 … 144

부뚜막타령 … 145

가야금타령 … 145

망질소리 … 146

나무타령 … 147

말목 치는 소리 … 148

남포질소리 … 149

산운제소리 … 150

나물타령 … 150

고사리타령 … 151

제2부 세태요

도라지 … 155

구식도라지 … 156

양산도(1) … 157

양산도(2) … 157

애원성(1) … 158

애원성(2) … 159

애원성(3) … 160

함경도 애원성 … 161

함경도 창곡(1) … 161

함경도 창곡(2) … 163

왜 왔던고 … 163

청춘가(1) … 164

청춘가(2) … 165

수심가(1) … 166

수심가(2) … 166

수심가(3) … 167

수심가 엮음 … 168

엮음 수심가 … 170

시집살이(1) … 171

시집살이(2) … 172

시집살이(3) … 174

시집살이(4) … 174

시집살이(5) … 175

시집살이(6) … 178

우리 언니 … 178

시어머니 죽으면 좋다더니 … 179

나 어린 서방 … 180

노랑두 대가리 … 181

외생경 … 182

며느리 신세 … 183

며느리의 노래 … 183

과부설음 … 184

젊은 과부의 설음 … 185

신세타령 … 186

꿈노래 … 187

리별단가 … 187

자장가 … 189

둥게타령 … 189

애기 사랑가 … 191

타복녀야 … 191

신세소리 … 193

나질가 … 193

장단타령 … 194

물동이타령 … 195

생금생금 생가락지 … 196

동백꽃타령 … 197

동백타령 … 198

대추타령 … 199

큰애기(1) … 200

큰애기(2) … 201

까투리타령 … 201

도토리묵 … 202

모밀국수 … 203

떡타령 … 205

범벅타령 … 207

엿장사타령(1) … 208

엿장사타령(2) … 208

엿장사타령(3) … 209

엿장사타령(4) … 211

화장품장사 … 212

달아 달아 … 213

달놀이 … 213

풍년가 … 215

강강수월래 … 216

쾌지나 칭칭나네(1) … 217

쾌지나 칭칭나네(2) … 218

돈돌라리 … 219

산천가 … 220

구녕변가 … 221

신녕변가 … 222

금강산타령(1) … 223

금강산타령(2) … 225

한강수타령(1) … 226

한강수타령(2) … 227

유산가 … 228

고고천변 … 231

단가 … 234

장기타령 … 236

장기 두는 소리 … 236

새타령(1) … 237

새타령(2) … 238

제비가 … 240

꽃타령 … 241

꽃노래 … 242

화편 … 243

박노래 … 244

화토놀이 … 245

투전풀이 … 247

한글풀이 … 248

담바구타령 … 252

범벅타령 … 254

니나니타령 … 255

방개타령 … 256

방개홍개타령 … 257

등대타령 … 258

돈타령 … 260

성주풀이(1) … 260

성주풀이(2) … 261

성주풀이(3) … 263

성주풀이 엮음 … 264

지신밟기 … 268

지정다지기 … 269

지경닦기 … 271

상여소리(1) … 272

상여소리(2) … 273

행상소리 … 273

굿거리 … 277

굿소리 … 278

이팔청춘가 … 280

가정가 … 281

망명의 노래 … 281

십진가 … 282

수인의 노래 … 284

꿍드렁 타령 … 285

한숨 풀풀 … 285

이내 팔자 … 286

팔월 보름달 … 286

종로 네거리 … 287

산천초목 … 288

놀량 … 288

앞산타령 … 289

뒤산타령 … 290

경발림 … 292

무진별곡 … 292

신조엮음 … 294

달고소리 … 296

달구소리 … 299

무덤달고 … 299

산념불 … 300

해주 산념불 … 302

잦은 념불 … 303

회심곡 … 304

제전 … 309

맹인덕담경 … 313

널뛰기 … 318

추석놀이 … 319

축혼가 … 320

황천가 … 321

리별가 … 322

고아의 설음 … 323

망향곡 … 324

부모은덕가 … 325

망향가 … 326

망향가 … 326

나비가(망향곡) … 327

제3부 애정요

아리랑(1) … 331

아리랑(2) … 332

아리랑(3) … 333

아리랑(4) … 333

아리랑(5) … 334

아리랑(6) … 334

아리랑(7) … 335

아리랑(8) … 335

아리랑(9) … 336

이리랑(10) … 338

정선아리랑(1) … 339

정선아리랑(2) … 340

강원도아리랑(1) … 341

강원도 아리랑(2) … 342

밀양아리랑(1) … 343

밀양아리랑(2) … 344

진도아리랑(1) … 345

진도아리랑(2) … 346

충청도아리랑 … 347

청주아리랑 … 348

영천아리랑 … 348

곡산아리랑 … 350

경상도아리랑 … 350

긴아리랑 … 351

평안아리랑 … 353

새아리랑(1) … 353

새 아리랑(2) … 354

아리랑 열두고개 … 355

강남아리랑 … 356

아스랑가 … 356

아리아리 댕댕 … 357

어랑타령 … 358

모심는 소리 … 358

창부타령(1) … 362

창부타령(2) … 364

노래가락(1) … 365

노래가락(2) … 366

노래가락(3) … 368

노래가락(4) … 368

노래가락(5) … 369

사발가(1) … 370

사발가(2) … 371

타령(1) … 372

타령(2) … 373

타령(3) … 374

뽕타령 … 375

뽕 따러 가세 … 377

삼동주타령 … 377

총각타령 … 378

각시타령 … 379

장산곶타령 … 381

진도녀성의 노래 … 382

산아지타령 … 383

물동이타령 … 383

느리개타령(1) … 384

느리개타령(2) … 385

느리개타령(3) … 386

꾼대타령 … 387

꿈배타령 … 388

닐리리타령(1) … 389

닐리리타령(2) … 391

닐리리(1) … 392

제4부 풍자요

제5부 서사요

제6부 신민요

봄이 오네 … 524

봄맞이 … 525

앞강물 … 525

초립동 서방 … 526

울산타령 … 527

능수버들(신 천안삼거리) … 528

팔경가 … 529

아리랑 랑랑 … 530

삼아리랑 … 531

닐리리 … 532

사랑가 … 533

장기타령 … 534

은실금실 … 535

장타령 … 535

당기당타령 … 536

방아타령 … 537

맹꽁이 타령 … 538

참고자료 목록 … 540

18권   이주초기 문헌설화집

해제: 세간에 잘 알려지지 않은 세권의 문헌설화집과 그 문학적 가치·김동훈 … 17

조선민담집 [러시아] 가린 미하일롭스끼

토끼 … 29

강태공의 돌무더기 … 32

나무꾼과 선녀 … 34

두 애국자 … 45

호랑이 사냥꾼들 … 49

천 년 묵은 지네 이야기 1 … 52

천 년 묵은 지네 이야기 2 … 55

'아저씨'란 호칭 … 58

가치 없는 친구 … 63

힘장사 … 71

현명한 원님 … 75

고씨와 길례 아가씨 … 77

난이와 돌이 … 84

고양이의 기원 … 88

이씨 왕조 … 93

조선을 통치하는 왕조에 대한 두 번째 전설 … 95

수달에 관한 전설(만주와 조선왕조의 기원) … 99

장백산강강지략(長白山江崗志略) 류건봉(劉建封)

軟石崖 … 105

仙人島 … 107

洗兒石 … 110

寶泰洞 … 111

木頭峰 … 113

迷人甸 … 116

仙人橋 … 117

七星湖 … 119

敖山 … 126

葡萄山 … 129

將軍峰 … 131

分水嶺 … 132

乾溝 … 133

大旱河 … 135

劍川江 … 138

團頭山 … 139

唐塔 … 141

唐溝 … 142

趵突泉 … 143

二里半 … 145

大珠寶溝 … 146

雕砬子 … 149

古冢 … 150

초등소학수신서(初等小學修身書) 계봉우

제1과 모생(謀生) … 153

제2과 모롱(侮弄) … 153

제3과 지혜(智慧) … 153

제4과 능력(能力) … 154

제5과 계탐재(戒貪財) … 154

제6과 효아(孝兒) … 154

제7과 지의(知義) … 155

제8과 용서(容恕) … 155

제9과 교긍(驕矜) … 155

제10과 회개(悔改) … 156

제11과 직분(職分) … 156

제12과 효행(孝行) … 157

제13과 우렬(優劣) … 157

제14과 의용(養勇) … 157

제15과 지우(智愚) … 158

제16과 대회(大悔) … 158

제17과 사지(詐智) … 158

제18과 자유(自由) … 159

제19과 의뢰(依賴) … 159

제20과 당무(當務) … 159

제21과 의무(義務) … 160

제22과 애국(愛國) … 160

제23과 근신(謹愼) … 160

제24과 우애(友愛) … 161

제25과 약자승강(弱者勝强) … 161

제26과 차위(借威) … 162

제27과 교제(交際) … 162

제28과 무자유권(無自由權) … 162

제29과 립지(立志) … 163

제30과 분량(分量) … 163

제31과 불탐(不貪) … 163

제32과 수모(受侮) … 164

제33과 허망(虛妄)을 불신(不信) … 164

제34과 구조(救助) … 165

제35과 출입가계(出入可戒) … 165

제36과 전심(專心) … 165

제37과 괴손공익(壞損公益) … 166

제38과 공덕심(公德心) … 166

제39과 불량력(不量力) … 167

제40과 물신우상(勿信偶像) … 167

제41과 경쟁심(競爭心) … 167

제42과 우도(友道) … 168

제43과 무능자(無能者)의 수롱(受弄) … 168

제44과 자취기구(自取其咎) … 169

제45과 계탐욕(戒貪慾) … 169

제46과 인심(仁心) … 169

제47과 담력(膽力) … 170

제48과 자애(慈愛) … 170

제49과 용서(容恕) … 170

제50과 애국애동종(愛國愛同種) … 171

제51과 비천(卑賤)의 사상(思想) … 171

제52과 강무(强武) … 172

제53과 임기심(任其心) … 172

19권 향토전설집

제1부 간도전설

◉ 룡정시 편

독교봉과 미인산 … 97

노루바위 … 98

장사늪 … 101

부채바위와 꽃사슴 … 108

● **안도현 편**

백운봉 … 111

옥설봉 … 115

관일봉과 수달처녀 … 119

와호봉 … 123

록명봉의 석굴 … 128

부리봉 … 131

신선봉 … 134

장기봉 … 137

금강봉 … 139

산삼동 … 144

백두천지의 세 산봉 … 149

천지를 기운 돌바늘 … 152

룡을 동인 돌기둥 … 155

백두공 … 159

천 지 … 164

천지수 … 170

세 자매강 … 173

백두산 견우교 … 179

천 하 … 182

장백약수 … 184

백두산 약수천 … 186

옥장천 … 189

금선천 … 193

숭덕사 … 196

불로초 … 199

백두산 만병초와 봇나무 … 205

장백산 들쭉 … 210

칠선녀와 마디풀 … 213

령 지 … 216

죽죽새 … 221

귀죽새 … 223

쇄자새 … 225

최총각보고졸새 … 227

괭이봉 … 229

메밀봉 … 231

청량샘 … 235

룡두바위와 호두바위 … 240

오봉산 … 242

목두바위 … 244

아기봉 … 246

◉ 훈춘·화룡·왕청·돈화 편

적 지 … 248
적지늪과 회룡봉 … 250
귀인봉산 … 255
권 하(圈河) … 257
련꽃늪 … 259
정자봉의 유래 … 261
부엉이산과 쥐봉 … 262

홍진장사굴의 유래 … 268
기우제바위 … 270
평풍산의 샘물 … 272
쿨룽산 … 275
호랑산 … 277
베개산과 사랑늪 … 281

◉ 흑룡강성 편

경박호(1) … 284
경박호(2) … 291
경박호와 모란강 … 298
원한늪과 룡바위 … 301

자라산 … 306
룡 문 … 312
구룡천 … 316
발해왕 발터와 뽕나무밭 … 321

◉ 길림성·료녕성 편

태왕비석 … 326
고려장터 … 331
자라바위 … 335
세린하의 전설 … 340

오녀산의 전설 … 344
망아산의 전설 … 348
13릉의 우물 … 351

제2부 항일전설

◉ 연길현 편

소가죽 한장 … 357
≪베감투≫ … 361

올가미전투 … 365
기생-봉선아씨 … 369

● 훈춘현 편

◉ **왕청현 편**

이름없는 소녀 … 671

교묘하게 적들의 무장을 해제 … 675

눈물에 젖은 춤 … 678

배낭을 멘 두 젊은이 … 680

가야하도 울었다 … 683

헝겊뽈 … 687

유격구로 보내온 약상자 … 689

마음은 하나 … 693

묵은 잿더미에 불이 일다 … 696

구원받은 소녀 … 701

슬기로운 소녀 … 704

백설우에 찍힌 발자국 … 707

◉ **기타지구 편**

은화의 이야기 … 710

≪마하이야≫ … 717

패망상 만화 … 720

절절 끓는 소낙비 … 722

신창동전투 … 725

20권   지명전설집

중국조선족 지명전설과 그 갈래·전성호 … 17

룡정시, 연길시 편

룡정 … 35

룡정의 전설 … 40

룡정의 유래 … 44

룡늪 … 47

돌우물 … 55

용천골(1) … 61

용천골(2) … 63

달라자의 지명유래 … 67

노루골 … 71

노루왕골 … 73

재미내골 … 76

나리밭등 … 80

가짜흑룡바위 … 83

놋그릇장사군 묽 … 85

대소의 유래 … 91

한왕전설 … 92

한왕산에 깃든 이야기 … 97

토끼골과 령지버섯 … 100

복심 … 102

호박골 … 106

조양천 … 109

동불사(1) … 115

동불사(2) … 117

금불사 … 122

로투구(1) … 129

로투구(2) … 133

천보산(1) … 138

천보산(2) … 141

방아골 … 146

표적바위 … 151

마반산 … 155

마반산의 유래 … 158

의란의 유래 … 160

국자가 … 162

달래동 … 169

화룡시, 왕청현 편

장록객재 … 177

로덕 … 181

령상암과 곡창 … 188

남평과 로덕 … 191

우심산 … 194

락타봉 … 197

페문골 … 201

소왕청 … 204

뼉박골 … 206

락타산과 락타산촌 … 209

훈춘시, 도문시 편

반성 … 215

련성산 … 222

장고봉 … 230

련화동 … 237

팔련성 … 239

탑자구 … 250

천불붙이 … 253

회룡봉 … 258

기타지구 편

노루골 … 413

질구배골 … 417

룡두산의 전설 … 420

금하마의 전설 … 424

봉황촌의 전설 … 429

며느리골짜기 … 431

상경룡천부(上京龍泉府) … 434

혼비백산골 … 437

비행기령 … 439

21권　민간설화자료집(1)

해제: 조선족 구비설화 조사정리 사업과 그 집대성에서의 중요한 결실·허휘훈 … 17

▶ 설명 … 28

제1부

왕골 자리 … 31

새벽사에 있은 일 … 34

복수의 길 … 38

올가미 전투 … 43

신출 귀몰 … 48

방구에 놀라난 왜놈 경찰 … 51

불행중 다행 … 53

제일루의 사건 … 55

신창동 전투 … 57

홍 춘식 안해의 꾀 … 60

오랍 누이 … 62

내 아들이요! … 65

채가 마을 … 68

썰 썰 이 … 73

룡 수 … 75

나어린 혁명자 … 80

결국은 모두 탈옥하였다 … 81

박 지형의 사촌 동생 … 82

소 가죽 한 장 만큼 … 84

아버지와 아들 … 89

제2부

최 팔남의 누이 동생 … 95

명궁수(名弓) … 99

절부암과 락과(節婦巖과落花)…102

가짜 감사의 도량 … 104

밥 한술에 말 한마디 … 107

원두표(元斗杓) … 111

리무(李武) … 115

강 감찬(姜邯贊) … 120

욕심 많은 개 … 123

남가 일몽 … 124

순(舜)임금 … 125

충신 정 금남(忠臣鄭錦南) … 127

귀중한 꽃 … 132

소년 장군 리 증옥 … 134

망두석 재판 … 136

신 대장의 애련(哀戀) … 138

가실(嘉實) … 140

향화원(杏花園)의 한 … 142

거위똥의 진주 … 146

처녀의 꾀 … 147

어시의 마음 … 149

경회루의 현판(慶會樓縣板) … 150

무 학(无學) … 151

하 걸(夏桀) … 152

청가일곡의 기연(淸歌一曲奇緣)
　　… 154

조신의 꿈 … 158

서 화담 선생(徐花潭先生) … 162

홍 언필(洪彦弼) … 164

대부(大夫)가 된 마부 … 168

의구비(義鳩碑) … 169

혼인 날의 괴한 … 172

방 훈 전(方薰傳) … 176

금주령과 그 은혜 … 179

의 좋은 두 형제 … 183

나는 활을 못 쏘겠소 … 184

여 호 선 … 186

울지 않은 종(일명 황 활양) … 189

정자와의 국견(井底蛙局見)…191

네 친구 … 193

꽃 신 … 196

남생이의 줄다리기 … 200

이상한 목지 … 201

마음속의 꽃 … 204

비겁한 사람 … 206

두꺼비의 보은 … 207

쌍둥이 권 첨지 … 209

어리석은 당나귀 … 211

똥돌이와 똘똘이 … 212

화목한 가정 … 213

범의 위풍을 빈 여우 … 214

무능소(无能牛) … 216

한 석봉 … 217

할미꽃 … 219

석왕사(釋王寺) … 221

박연 폭포(朴淵瀑布) … 222

투금진(投金津) … 223

개나리 꽃 … 224

해바라기의 유래 … 225

은진 미륵(恩津弥勒) … 226

무릉도원(武陵桃源) … 227

두견새(杜鵑鳥) … 229

곰과 씨름 … 230

귀머리의 눈치 … 232

녀인도(女人島) … 233

가야금 … 234

동지 팥죽 … 235

랍입(腊日) … 236

행주치마 … 237

주주 객반(主酒客飯) … 238

맨드라미꽃(雞冠花) … 239

뻐꾹새(餉穀鳥) … 240

이상한 돌 … 241

받았던 상을 놓쳤다 … 243

포도의 래원 … 244

물레의 유래 … 245

입술이 없으면 이발이 차다(脣无則
齒寒) … 246

대공무사(大公无私) … 247

절대 가인들(絶代佳人) … 249

효자 효부들 이야기 … 253

홍 경래의 시 … 255

남편의 훈장 … 257

「양초어」 … 259

떡 다섯 개 … 261

무 덤 … 262

지혜 시험 … 263

머슴과 민 주사 … 264

청음 대감의 망발 … 269

무식한 삼 형제 … 271

이즘 헤푼 사람 … 273

한 옛날 말 … 274

한 병률 선생 … 277

제3부

못 생긴 며느리 … 281

「강 개똥」 … 283

포도 대장과 원귀 … 288

효자된 불효 자식 … 292

밥장군 … 295

원쑤지간에 맺아진 사돈 … 298

외딸과 세 아들 … 301

원의 꾀 … 309

유경살이 10년 … 311

구정물 통에서 난 량식 … 313

군수와 아전의 장기 놀이 … 315

거문고 … 317

권리방의 아들 … 321

재간있는 형제 … 327

벼락 맞은 딸 … 330

오푼씩 잘라 낸 돈 … 331

장수 김 만빈 … 332

천석들이 쌀자루 … 334

형제 사이 … 336

금덩이와 돌담 … 338

개등거리 입은 량반 … 341

이밥과 콩밥 … 343

북두칠성 … 345

혹을 가진 두 령감 … 347

재떨이 … 349

주인 원쑤 갚은 개 … 353

눈 잃은 동생과 눈 뺏은 형…355

금덩이 한 개 … 359

장끼의 울음 소리 … 361

왜가리, 개미, 메뚜기 … 363

지렁이와 굼벵이 … 365

샘터에는 왜 개구리가 없는가?

　　… 367

고양이와 쥐 … 368

빈 대 … 370

별유 천지 … 371

놀음산 … 373

결초보은(結草報恩) … 374

아버지를 버리는 걸채 … 377

장수와 룡마 … 378

왜 국수당에 침을 뱉는가? … 380

두 신선과 한 부자 … 382

열두 삼천리 벌 … 384

가한 칠십세 … 386

게으름뱅이 곡식 꾸짖기 … 388

훈장과 선비의 글짓기 … 389

김삿갓과 시골 훈장 … 391

돼지 종자(猪种) … 393

죽은 닭 놓고 글 짓기 … 394

선비가 지은 글 … 395

궁량있는 사람의 이야기 … 397

귀신옷 이야기 … 400

과부 지주 … 402

지울밥을 먹은 일군 … 407

소금장사 … 409

옹이 장사 … 410

죽이 밥 된 이야기 … 412

며느리 버릇 뗀 시아버지 … 413

훈장의 글월 … 415

안 선생 … 416

22권　민간설화자료집(2)

금광새 … 187

도적과 주인 … 196

냄새를 잘 맡는 선생 … 197

돌각담속의 선약 … 207

아버지의 유언 … 211

쪽지게장군전 … 215

김서방과 9형제산 … 227

함흥차사 … 233

부마 생질 … 235

한 가정의 인심 … 244

량 심 … 246

백사슴 … 248

머 슴 군 … 256

환생초 … 270

초부와 꽃분이 … 277

화목한 가정 … 286

쏟아진 물 … 288

사또의 안해 … 292

재벌가죽 … 298

금구렝이 … 301

백정의 아들 … 306

소동이 왕의 장기수를 도왔다.

　… 310

효 부 … 312

조카에게 망신당한 삼촌 … 315

민심과 천심 … 324

의좋은 삼형제 … 330

며느리덕에 량반행세를 한 최서방

　… 334

999석군과 천석군 … 346

명　의 … 353

아들 삼형제 … 359

해와달(1) … 365

해와 달(2) … 374

오형제집안의 맏며느리 … 377

남선부의 괴사 … 384

서울량반 … 398

잘못은 누구에게 있는가? … 403

곽대감 인재를 구한 이야기 … 405

장씨소년과 두루마기 … 410

금을 탐내던 부자 … 413

시어머니와 며느리 … 418

아버지의 병을 고친 아들 … 422

도적의 회개 … 427

효자골 … 432

우둔둥이와 령민둥이 … 435

「이 문둥아!」 … 441

아들의 한탄 … 444

농부의 뜻이 … 446

쓰고 단것은 맛을 봐야 안다. … 448

기러기 … 453

지신제의 유래 … 456

임신부에게 왜 문어를 먹이지 않는

　가? … 458

환갑잔치의 유래 … 462

한 은사의 위국충심 … 469

호미로 좌수의 손목을 동인 김응
서 … 473

리성계의 꿈 … 476

숙종대왕 … 478

사명당 … 481

률곡선생 이름의 유래 … 484

오성대감 … 489

유정승의 일화 … 494

3천갑자 동박삭 … 497

박꽃 … 504

담 배 … 509

봉선화의 유래 … 512

오수(獒樹)나무 … 516

감자의 몸에는 어째서 눈이 그처럼
많은가? … 519

가을고추는 왜 빨갛나? … 521

벼, 보리, 조와 돌피 … 523

메밀이야기 … 526

열콩, 팥과 콩 … 528

은 어 … 530

최총각새 … 532

소쩍새 … 535

더 다툴것이 없게 되였다 … 537

다람쥐한테 빌고든 범 … 539

두꺼비의 충고 … 542

아침을 굶은 부자 … 549

모기보고 환도를 빼들다 … 551

거짓말 세마디 … 553

십리탕 … 556

제 죽을줄 모르는 음양가 … 558

철부지 … 559

벼슬아치의 옷 … 560

나머지 아홉매는 후일에… … 561

다시 찾은 송편 … 562

짚신장사의 생각 … 564

천석자루 … 565

옳은 판단 … 567

장승과 두 혹쟁이 … 569

초가집과 기와집 … 570

죽은 범 놓고 다시 판정 … 571

23권 민간설화자료집(3)

흑룡강 편

료녕 편

길림 편

병조판서가 되다 … **429**

거인 … **435**

장기아들과 착한 안해 … **441**

두꺼비 아들 … **450**

효부(1) … **458**

서자 … **460**

백날 이야기 잔치 … **462**

형제 … **468**

리관찰 … **483**

선비와 총명한 아이들 … **496**

아버지의 평생소원 … **509**

불가사리 … **518**

보쌈 … **522**

소금장사와 그의 아들 … **527**

효부(2) … **535**

개와 고양이 … **539**

죄는 지은데로 간다 … **543**

청상과부와 호랑이 … **547**

리성계가 도읍을 정하던 이야기
… **550**

황희정승의 시비가름 … **552**

숙종대왕과 과객 … **555**

숙종대왕과 국사 … **558**

24권   황구연 민담집

해제: 중국 조선족 민담구술대가 황구연과 그 구비전승에 대하여·허휘훈 … 17

천생배필 – 김재권 정리

박어사와 평양명기 로화 … **31**

천냥에 좌수벼슬을 산 권백정 … **38**

벽동군수 … **45**

총명한 처녀 … **54**

선비의 딸과 가토정승 … **59**

임진사와 그의 며느리 … **63**

총명한 선우송 … **70**

삿갓가마 … **73**

환갑잔치의 유래 … **78**

림백공 … **83**

신관사또의 버릇을 뗀 소년 … **93**

발해왕 발터와 뽕나무 … **98**

파경노 – 김재권 박창묵 정리

남산 … 370

은혜갚은 뱀 … 373

도미와 그의 안해 … 376

귀돌이와 천문도사 … 382

두 선비 … 393

며느리 글덕을 입다 … 395

제 색시를 찾아 장가들다 … 399

설랑과 가실이 … 403

구렁덩덩 신선비 … 411

해와 달 … 420

걸교절의 유래 … 425

맏며느리 … 429

보리밭만 지나도 취한다 … 431

한식의 유래 … 433

우는 애를 문밖에 내놓지 않는다
    … 437

사람집에 손님이 안 오면 집안이 망
    한다 … 440

망평귀안과 전안례 … 442

≪호미난방≫ … 444

≪오신수≫와 ≪오갈피≫에 깃든
    이야기 … 447

에밀레종 … 450

≪옥루몽≫에 깃든 이야기 … 454

≪동의보감≫침구편에 깃든 이야기
    … 458

단군 … 460

고주몽 … 462

박혁거세 … 468

선덕녀왕의 예언 … 471

솔거와 로송도 … 474

최치원의 이야기 … 477

왕건 … 485

역동선생 … 493

불가사리 … 495

주원장과 리성계 … 501

산정기를 타고난 황희 … 504

황희정승의 일화 … 506

성삼문의 이야기 … 510

신사임당과 ≪초충도≫ … 517

화석정 … 520

숙종대왕의 일화 … 522

소년부사 … 533

남씨부인의 원을 풀어준 박문수
    … 538

구석편과 룡녀 … 542

태원의 세가지 보배 … 546

마룽도상에서 일만대의 화살을 안
    기다 … 557

지은보은(知恩報恩) … 562

손숙오의 음덕 … 565

리백의 일화 … 567

한 장 편지로 나라 기개를 떨치다
    … 571

글 잘하는 소소매 … 575

두목지의 일화 … 579

결초보은 … 580

그림속의 미녀 … 583

화공과 선비 … 586

안해덕에 정승되다 … 595

종의 의리 … 600

오위장이 된 시골선비 … 603

효자 … 608

명의가 된 돌파리의원 … 611

두 번대머리 중의 래력 … 613

시골선비와 반오 … 619

배은망덕 … 623

롱을 잘하는 임금 … 626

토끼와 거부기 … 631

효자와 금붕어처녀 … 636

나무군총각과 말하는 남생이 … 641

금방망이 … 648

혹떼러 갔다가 혹을 붙여왔다 … 652

≪왕의 귀는 나귀귀다≫ … 657

궁냥깊은 거부기 … 665

봉의 김선달의 이야기 … 667

25권 김덕순 민담집

해제: 조선족 민담대가 김덕순과 그 구연물에 대하여 · 허휘훈 … 17

동명왕전설 … 27

목동과 선녀 … 36

동해에 뱅어가 생긴 유래 … 45

북두칠성 … 50

총각이 스스로 색시감을 찾다 … 54

뱀처녀 … 59

고려장 … 64

룡과 봉황의 배필 … 66

사람에게 머리칼이 있는 리유 … 73

바다물이 짠 리유 … 75

총각과 세 아씨 … 79

목도리를 두른 이야기 … 84

흥부와 놀부 … 88

콩쥐와 팥쥐 … 109

룡중공주와 농부 … 113

코가 긴 형님 … 119

우렁각시 … 123

장화와 홍련 … 129

웃는 꽃과 말하는 물 … 135

단방귀를 팔다 … 140

장생불로초 … 146

깃털 세대 … 151

삼형제 … 154

금섬공주 … 159

할머니가 동지날에 호랑이를 때려
　잡다 … 162

짚신장수와 개구리 … 165

포수와 호랑이 … 168

불여우를 때려잡다 … 171

포수와 까치 … 174

복을 찾다 … 177

머슴이 장가를 들다 … 182

여우 … 188

최과부의 며느리와 박과부의 며느
　리 … 192

계모 … 195

옥단춘 … 199

새털옷 … 206

점의 비밀 … 210

총각의 세차례 재난 … 213

처녀와 두꺼비 … 223

아버지의 복수 … 228

게으름뱅이가 장가를 들다 … 233

개과천선한 도적 … 239

나쁜 시어머니 … 244

오누이의 엇갈린 결혼 … 250

임금과 방귀 끼는 며느리 … 256

외숙이 중매를 서다 … 259

처녀와 세 문둥이 … 264

상민을 업신여긴 말로 … 268

파계승과 처녀 … 275

삼남매 … 278

일곱살짜리가 재물신을 청하다
　… 283

바보가 신부감을 유괴하다 … 286

유아혼 … 290

어미개가 아이를 살리다 … 294

금덩이가 돌멩이로 변하다 … 297

녀스승 … 300

멍청이가 안해를 맞다 … 306

며느리와 장님 시어머니 … 312

령감이 세상구경을 하다 … 314

단나무 … 316

까다로운 령감 … 319

후레자식 … 320

김선달의 이야기 … 323

돌과 두꺼비 … 330

토끼와 자라 … 335

새매가 생겨난 유래 … 344

호랑이가 곤쥐를 무서워하는 리유

··· 346

게와 원숭이 ··· 350

쥐가 고양이를 두려워하는 리유

··· 352

지금 호랑이가 드문 리유 ··· 355

배은망덕한 호랑이 ··· 357

고양이와 개가 철천지원쑤가 된 사

연 ··· 360

26권 차병걸 민담집

해제: 차병걸과 그의 옛이야기·림승환 ··· 19

팔선녀 ··· 27

구두령과 구룡담 ··· 34

도함자유래 ··· 36

무학의 전설 ··· 38

백두산아래 첫동네의 유래 ··· 41

강원도포수 ··· 44

금제의 이야기 ··· 47

인호이야기 ··· 52

칠형제와 여우동생 ··· 56

왕거지 ··· 62

금강산 숯구이총각 ··· 67

활량과 대감의 아들 ··· 84

제자를 장가들인 훈장 ··· 90

정승의 딸을 얻은 총각 ··· 96

황정승이 아들을 장가보내다 ··· 100

홍감사 금강산구경 ··· 105

우대방과 김정승의 딸 ··· 110

잡놈 김달수 ··· 115

봉이 김선달 ··· 119

≪까막솥≫ ··· 122

조째보 유째보 ··· 126

접적궁부채 ··· 130

망신당한 사또 ··· 135

고약한 사또 ··· 139

꿀강아지 ··· 143

지혜로 원이 되다 ··· 146

꿈으로 천냥빚을 갚다 ··· 150

중매군 참대 ··· 153

가짜량반 ··· 157

송아지를 떼운 부자 ··· 159

황통쟁이 부자놈 … 161

항아리와 량반 … 163

머슴과 보물 … 165

총명한 동자 … 171

재간둥이 세 총각 … 174

천냥내기 … 179

총명한 난쟁이총각 … 184

중의 아들인 원님 … 187

거짓말 잘하는 총각 … 192

총명한 백정의 아들 … 195

거짓말쟁이와 욕심쟁이 … 197

사위 고르기 … 201

≪강냉이를 다 먹은 모양이구나≫
… 204

금두꺼비 … 209

범한테 물려죽은 중 … 212

도깨비감투 … 215

소금장사와 난봉군 … 218

흑심먹은 친구 … 221

복구렝이 … 225

욕심쟁이의 끝장 … 228

여의주 … 231

생금 한덩이 … 234

금 천냥 … 236

소금장사와 쪽지게 … 238

은혜갚은 령혼 … 240

백두산 신령 … 242

렬녀와 김서방 … 245

일야숙에 천냥 … 248

남잡이가 제잡이 … 252

금전을 탐내던 사위와 딸 … 255

도적놈에게 안해를 빼앗기다 … 258

인간백정과 화냥년 … 262

기생과 대감집 아들 … 268

돌각담속의 불사약 … 272

하루살이 량반 … 274

매돌을 지고 나귀를 탄 선비 … 278

안해의 버릇을 떼다 … 279

어머니와 아들 … 283

시아버지와 며느리 … 286

악독한 시에미 … 288

귀신을 물리친 며느리 … 290

최계순의 비사 … 292

두 친구 … 299

포수와 그의 세 아들 … 304

도깨비에게 홀린 총각 … 309

봉사가 장가들다 … 312

이무기와 효녀 … 314

보쌈 … 318

≪수명당≫ … 320

산소동토 … 330

≪과부≫가 장가들다 … 333

동자삼 … 335

새며느리와 동자삼 … 338

≪방초야!≫ … 340

천년두골에 쌍룡수 … 342

인삼에 깃든 이야기 … 344

효자, 효부, 렬녀 … 347

천냥 금으로 늙은이를 사다 … 356

뉘덕이냐, 내 덕이지 … 360

멍청이 … 369

머저리동생 … 373

멍청이동생 … 376

식충이 … 380

바보 … 384

세 병신 의형제 … 387

천치사위 … 389

귀머거리령감 … 392

세 귀머거리 … 394

도박군과 범 … 396

나팔과 호랑이가죽 … 398

은혜갚은 호랑이 … 400

어비 온다 … 403

쥐가 물어온 보물 … 406

신세갚은 까치 … 410

호랑이와 총각 … 413

쥐가 은혜갚은 이야기 … 417

노루와 돌쇠 … 425

꾀많은 토끼 … 428

두더지의 혼인 … 430

불에 타죽은 범 … 432

음흉한 승냥이 … 434

황소와 소똥구리 … 436

표범과 개똥벌레 … 437

살모사와 참새 … 439

꾀많은 암탉 … 441

게으름뱅이 새끼산양 … 443

고양이목에 방울 달아준 쥐 … 445

잰내비 밑구멍은 왜 빨간가? … 447

메추리는 왜 꼬리가 없는가? … 449

토끼꼬리는 왜 짧은가? … 452

27권 정길운·김례삼 채록 민담집

해제: 정길운 · 김례삼의 조선족 구전설화 채록 업적과 그 역사 문화적 의미·허휘훈 ··· 15

천지의 맑은 물 – 정길운 채록

천수 ··· 33

물 ··· 35

용천골 ··· 40

박지형 ··· 42

봉선화 ··· 47

신랑 신부 ··· 57

힘센 총각 ··· 62

목동과 공주 ··· 66

선량한 바위 ··· 72

금송아지 ··· 78

보쌈 막은 총각 ··· 84

도적질 잘 하는 사람 ··· 88

소는 어�째 ≪이라≫하면 가는가?
  ··· 93

나비 한쌍 ··· 95

백일홍 – 정길운 채록

천수 ··· 105

해란강 ··· 107

용천골 ··· 110

신랑의 옷 ··· 112

이라 ··· 117

행주치마 ··· 119

힘센 총각 ··· 121

박마누라 ··· 125

백일홍 ··· 134

네형제 ··· 139

새털옷 ··· 143

보쌈 막은 총각 ··· 152

봉선화 ··· 156

같지않은 사람 ··· 167

목동과 공주 ··· 169

망두석 재판 ··· 175

나비 한쌍 ··· 178

륙형제 ··· 185

혹달린 두 늙은이 ··· 194

임금의 귀는 말귀 ··· 198

견우 직녀 ··· 201

우물안의 개구리 ··· 204

28권 박창묵·리룡득 (외) 채록 민담집

해제: 제2세대 민담채집자들과 그 업적·최삼룡 … 17

사랑산 - 박창묵 채록

남생이의 줄당기기 … 79

금덩이와 돌담 … 80

≪과부≫가 장가들다 … 84

황금몽 … 92

거위똥속의 진주 … 94

명약은 명약이야 … 95

의좋은 형제 … 98

퉁소 … 100

주먹맛 … 108

숙종대왕과 홍서방 … 111

근심없이 산 로인 … 113

전백록 … 117

사랑산 … 124

황진사와 그의 딸 … 133

북두칠성 … 142

지혜겨룸 … 150

셋째딸네 집으로 가다 … 151

가슴에 맺힌 원을 풀어주다 … 153

살인한 중을 처단하다 … 155

효자 … 158

그림 한장 … 160

백정의 아들 … 166

이밥과 콩밥 … 174

범의 위풍을 빈 여우 … 177

투금진 … 179

효녀 … 181

룡궁에 갔다 오다 … 185

화목한 가정 … 197

형제사이 … 198

운봉전 … 200

효자의 불효 … 214

고기장사 … 217

세 병신이 한 동리를 지나다 … 218

모자간의 깊은 정 … 221

삼태성 – 김명한 채록

종녀 … 233

박서방과 도깨비 … 237

은혜 … 241

퉁소 … 247

삼태성 … 256

초동의 재판 … 262

≪매 눈≫ … 264

빈집의 비밀 … 272

우돌이 … 277

달이 둘로 보이면 출세한다 … 284

장재비늪과 광주리바위 … 286

문짜기 … 290

나무군과 세 건달 … 291

같지 않은 두사람 … 292

처사의 딸 … 303

≪호 환≫ … 312

남잡이가 제잡이 … 316

민들레꽃 … 319

산 정과 죽은 정 … 324

≪독장사 구구≫ … 329

서춘보 … 331

바다구경 … 343

지성감천 … 343

참회 … 349

까마귀고기 … 360

홍송과 인삼 … 361

어머니의 유언 … 369

밀방사약 … 376

복 수 … 379

이깔나무와 소나무 … 389

불로초 – 리룡득 채록

두 형제 … 399

연분홍 나팔꽃 … 403

북두칠성 … 407

가정인심 … 413

천냥 금으로 늙으이를 사다 … 416

약수 … 421

불로초 … 427

신랑감을 튀겨 고르다 … 432

머슴과 부자 … 435

　　≪밥가마안에 흠을 치자고 그럽네다.≫
　　… 435

　　≪량반의 쌀로 이럴 법이 있습네까?≫
　　… 435

　　≪에익 날도적놈 같으니라구!≫ … 436

　　≪에익, 이 기장단을 고쳐 세여봐아지.≫
　　… 437

　　≪별걱정을 다 하십니다.≫ … 437

궁냥 좋은 셋째며느리 … 438

효자떠보기 … 440

장날의 유래 … 442

승천했던 막동이 … 444

백년삼 … 452

팔모여의주 … 456

숯쟁이총각께 목떼운 사또 … 464

해갈삼 … 468

총명한 딸 … 471

거울을 깨고 랑군을 얻다 … 474

우의 … 476

생금 한덩이 … 482

부자놈을 골탕먹인 젊은 총각
　　… 483

포수총각 색시감을 고르다 … 485

뾰족금 한덩이 … 487

비천한자 가장 총명하다 … 488

욕심 사납던 두 부자 … 492

　　닭알 빼앗아 먹고 송아지를 떼우다. … 492

목숨 떼운 부자 … 493

은전 백냥 … **494**

이상한 대통 … **497**

총명한 안해 … **501**

도교를 뗐던 네사람 … **507**

색시그루는 다홍치마적에 … **509**

가장 총명한 신랑감 … **511**

린색한 지주 … **514**

세 정승의 회고담 … **515**

보배구슬 … **520**

석돌이와 부자 … **524**

어사 박문수의 이야기 … **527**

　　《까만밤》 세말에 삼천냥 … 527
　　박어사의 덕행 … 529

봉의 김선달의 이야기 … **532**

　　량반을 골려주다 … 532
　　엿을 안겨놓고 뭇매질 … 534
　　집주인을 패주다 … 535
　　평양감사께 편지하다 … 536

남초시의 이야기 … **537**

　　《상시관이 매관했소!》 … 537
　　부자의 귀빰을 철썩 치다 … 538
　　《거저깨》를 거두다 … 538

전백록의 이야기 … **539**

　　《군이 돌아앉습데다》 … 539
　　《저는 수탉이올시다.》 … 540
　　《제가 아버지질 하지요.》 … 540
　　《정말 그런줄로 전갈입니다.》 … 541
　　《저는 주검이올시다》 … 541
　　문상 앞서 축하 … 542

학자 최춘물의 이야기 … **542**

　　《언제 그런 리치에 다 통했소?》 … 542
　　《알없는 안경도 보이는가!》 … 543
　　《외상으론 팔지 말지어다》 … 544

부자를 마음껏 희롱하다 … **545**

《황소는 알속에서 까나오이다.》
　　… **548**

빰 얻어맞은 사또 … **550**

개한테 고기를 떼운 서생 … **553**

《쌀은 쌀나무에 열리니라》 … **554**

호미이야기 … **555**

제 꾀에 제 속다 … **556**

　　매돌 지고 나귀 타다 … 557

두 사돈의 부채질 … **558**

새끼낳이를 하는 함지 … **559**

입총으로 범을 쏘다 … **560**

장기봉 … **561**

천하 … **563**

칠선녀와 마디풀 … **564**

령지 … **566**

쇄자새 … **571**

청량샘 … **574**

《최총각보고 졸》새 … **577**

소쩍새 … **579**

대구와 가재미 … **581**

그제야 깨달은 어미양 … **583**

수개구리의 울음주머니 … **587**

부엉이의 재판 … **589**

두꺼비와 쥐 … **591**

고산장군 – 정영석 채록

29권   료녕성·흑룡강성 채록 민담집

료녕성 편

버들잎 … 133

팔자땜 … 141

어비 … 144

신유복 … 147

개다리 … 154

배사공 처녀 … 159

약초 … 163

메밀병 … 169

신기한 복숭아 … 171

돌이 … 179

산포수 천덕이 … 184

부모 괄시가 제 괄시 … 190

개구리 서울구경 … 190

삼거리 능수버들 … 192

태왕비 이야기 … 199

오녀산 … 204

압록강 이야기 … 208

독교바위 … 214

련꽃 이야기 … 217

쇠경대 … 220

흰 옷을 즐기게 된 이야기 … 223

굴암돼지우리 … 227

망아산 … 229

두루미산 … 232

시아버지와 며느리 … 236

퉁소 … 240

화목한 가정 … 247

보황금 … 248

어리석은 선비와 종 막동이 … 256

재미난 골에 범 난다 … 264

문자우환 … 265

쌍둥이형제 … 268

목동과 임금 … 273

칠세 소동 … 276

글짓고 장가든 이야기 … 279

새끼 세발 … 280

게으름뱅이 총각 … 285

장사 잘하는 사위 … 289

왕송이와 선녀 … 292

중의 아들로 된 량반 … 299

박어사 출도 … 301

청춘과부와 문대감 … 305

두 사돈 … 310

거짓말 세마디 … 311

왈패처녀 … 314

귀신 이야기 … 318

홍통사와 김통사 … 319

황천굿 … 323

산삼 … 327

광일이와 광원이 … 333

샘 … 343

지혜로운 포수 … 345

호랑이가 은혜 갚다 … 348

인삼처녀 … 351

료녕성 편

로인을 사온 이야기 … 459

유식한놈 볼기를 맞다 … 460

장재아비 이야기 … 462

백제의 칼 … 464

칠성별 … 467

새고기 한점, 소고기 열점 … 469

금전 백냥 … 470

숙종대왕 … 473

묘한 장기수 … 476

작 형 제 … 478

보배독 … 482

단방귀 사시오 … 485

두꺼비와 처녀애 … 488

나도밤나무 … 490

힘장사와 농부 … 491

량반과 쥐량반 … 493

무능한 원 … 496

버섯은 왜 하루 피고 질가요? … 498

맏며느리 … 500

효자노릇 … 502

해몽선생과 부자 … 503

무궁주와 송곳 … 505

고양이는 왜 똥 누고 파묻는가?
  … 509

꿀이 왜 만병통치약이 못되였는가?
  … 511

아홉동이의 ≪물≫ … 512

원한늪과 룡바위 … 515

자라산 유래 … 520

김 생 원 … 525

팔모진주 … 538

섣달 그믐날 손님대접을 잘한 덕분
  … 542

곰보안해를 얻은 황대감 … 544

죽마고우 … 549

작아도 남편 … 556

전백록뫼앞을 지날 때는 … 558

효자 리경화 … 560

풍수의 산자리 … 565

리씨가문의 둘째며느리 … 567

루명을 벗은 야장쟁이 … 569

장인에게 닭을 판 이야기 … 572

정구죽천 … 575

량반을 욕질한 훈장 … 576

김선달 이야기 … 578

착한 거지아이 … 586

첫날밤에 있은 일 … 593

효자 룡덕이 … 596

개꼴망신한 사돈총각 … 598

금돌로 집을 지은 수돌이 … 602

안해와 첩 … 605

등짐장수와 귀신량주 … 609

해당화로 된 소녀 … 612

말없는 공주 … 615